初恋天使

何楚舞 —— 著

LOVE
THE ANGEL OF FIRST

北京时代华文书局

独自等待

默默承受

喜悦总是出现在我梦中

—— *黑豹乐队 Don't break my heart*

目录 CONTENTS

楔子_ 兜售梦想的人 | 001

01_ 墙根女 | 009

02_ 毒闺密 | 017

03_ 女上司的隐私 | 026

04_ 大明星的小初恋 | 034

05_ 器官歧视 | 043

06_ 球形世界和强食世界 | 050

07_ 伍小海 | 056

08_ 失恋季 | 063

09_ 闺密的小太阳 | 071

10_ 这般的梁山伯 | 077

11_ 小时房 | 083

12_ 大秀场 | 089

13_ 波西米亚式初恋 | 095

14_ 多米诺骨牌式"毁"人不倦 | 101

15_ 范丽丽的白日梦 | 107

16_ 天使的困境 | 112

17_ 云是倒悬的小猪 | 119

18_ 湿漉漉的快乐 | 125

19_ 私奔的盒子 | 133

20_ 美食地图 | 140

21_ 谁的盒子堆成山 | 147

22_ 情趣试睡师 | 152

23_ 血腥的手术刀 | 158

24_ 你想成为约翰·雅各布吗？ | 164

25_ 留守儿童与弃婴 | 173

26_ 失控的白条 | 178

27_ 伍小海的白日梦 | 184

28_ 5200种初恋 | 189

29_ 事不过一 | 202

30_ 梦想鉴定师 | 209

31_ 善梦成真 | 215

32_ "白日梦团队"的超人们 | 221

33_ 扬帆起航的"白日梦" | 226

楔子_
兜售梦想的人

让陌生人相信你,比吃成胖子要难;让陌生人相信你的理想,比成功减肥还要难;让陌生人相信你能帮其实现梦想,那比吃成胖子再成功减肥再吃成胖子再成功减肥还要难!为了让大众相信自己,"白日梦公司"想尽了办法。

办法之一

有谁不需要梦想,有谁不希望梦想成真?白日梦公司坚信只要发几篇软文小广告便会引来无数狂癫的客户。

于是报纸杂志和各大网站上出现了这样一篇文字:你是不是也梦想着回到从前,弥补昨日的缺憾?碌碌无为的你是否还在为岁月荒废而懊悔;事业有成的你是否还在为曾经的过失而唏嘘;搏击人生的你是否想拥有于别人双倍的时间;总是被冷落的你是否想成为金口玉言的宠儿?"白日梦公司"正是你追求梦想、修正人生的私密助手,本公司出售"后悔药""时光逆转仪""重生丸""断肢再生剂""时间复制贴""玉言丸""过一丸"……本公司将协助你成为人生赢家,成为人类进步的缔造者,你的名字将载入史册。

广告发布后,白日梦公司上上下下全都严阵以待,做好了加班的准备,客服人员还订好了夜宵,以便彻夜鏖战。然而没有踏破门槛的购物客户,也没有臆想中水泄不通的咨询电话。正当所有的人灰心丧气准备下班的时候,客服电话终于响了。客服兴奋地抓起电话,试图用娇滴滴的声音兜售产品时,电话那端却传来怒不可遏的训斥:是不是白日梦公司?你们的广告怎么做的?什么岁月荒废,什么搏击唏嘘,这都是什么骨灰词儿?做广告文案的兼职盗墓吗?这么大的公司连个像样的宣传策划都请不起?我告诉你,世界在进步,人类在进化,科学在"噔噔噔"往前跑,做广告要用新媒体,要另辟蹊径!这样吧,我的公司帮你们负责广告业务,我们公司的宗旨是,没有卖不出去的产品,只有想不到的卖点。世界末日我们公司卖挪亚方舟船票,"911"我们卖世贸大楼残骸,听说第三次世界大战就要开始了,我们已经卖了三万多套隐形防弹衣了……

一周过去了,白日梦公司从无人知晓的公司变成了无人问津的公司。公司的客服只接到那一个电话,网上的广告也只有两条回复,第一条是"傻";第二条是"闲得屁股疼去蹭树,这么垃圾的广告你也回复"。

办法之二

唯一的电话提醒了白日梦公司,两个月后一段244秒的视频迅速在各大视频网站走红。

视频开始时,镜头前出现了一个男孩。男孩穿着汗渍斑斑的T恤在车流人海中一路飞奔,然而他冲进公司时还是迟到了。在得知自己被解雇的同时,他看到了对面楼里他的女朋友正在和客户偷情,随后他接到了医院的电话,他相依为命的母亲刚刚去世了。绝望的男孩从顶楼一跃而下,风在耳边呼啸,地面的建筑物和行人在他瞳孔中逐渐变大时他后悔了——他不想死,他还有梦想,他还要拼搏!然而,一切都晚了!他重重地摔在了地上。醒来后,男孩发现自己还活着,不过他的两条手臂和右腿都没了,他成了只有一条腿的废人。他失去了经济收入,他的母亲也刚刚去世,他的女朋友还会继续和客户偷情,不,他的女朋友彻底离开了他,因为他不仅是一个残废,脸还被摔成一张"披萨"。

男孩万念俱灰,可是他连再死一次的力气和勇气都没有。他完蛋了,他的余生注定要与贫穷和羞耻为伍。灰色的天空被一道亮丽的闪电劈开。白日梦公司出现了。男孩先是吃下了"断肢再生剂",他双手和右腿瞬间长了出来,身上的伤瞬间消失,形如"披萨"的脸变回了青春的模样。他跳进了如同巨大的陀螺一样的时光逆转仪,于是他瞬间回到了自杀前的顶楼,回到了得知母亲去世时的那一刻,回到了看到女朋友偷情的那一刻,回到了穿着汗渍斑斑的T恤在车流人海中飞奔的那一刻,回到了被闹钟吵醒,睡眼蒙眬的那一刻。即便时光逆转,男孩还是男孩,他还要穿过车流人海赶去工作,还是免不了被解雇,还是会看到女朋友在偷情,还是会接到母亲去世的电话。男孩后悔了,如果当初他没有浪费光阴,把打游戏和泡妞的时间放在学习和工作上,也许他的人生就不是这样了。

白日梦公司再次实现了男孩的梦想。当男孩吃下"重生丸"后他回到了中学,在距离高考还有九十天的时候,他退掉了网吧的会员卡,每天头悬梁锥刺股地努力,终于他考上了国内一流的大学。大学期间,他谢绝了睡在上铺的兄弟递给他的烟,收回了写给同桌的她的纸条,他每天在图书馆发奋努力,毕业后开创了一家企业。他和创业的伙伴们昼夜奋战,却在最关键的时刻累倒了,他的睡眠严重不足,体力透支,可他需要的不是睡眠,而是宝贵的时间。白日梦公司将"仙人片"送给了他——马每天只睡两个小时,而他每天只需要在马桶上"迷糊"那么十几秒就足够了。

他成功了,他的公司获得了投资人的青睐,他摆脱了普通男孩的帽子,一跃成为"高富帅"。不久,他母亲的身体不舒服,他立即把母亲送到了最好的医院,请最好的医生给她治疗,避免了病情的恶化。不久,男孩遇到了那个会成为他上司,可能会解雇他的人,不过他现在每天追在男孩屁股后面,哀求男孩收购他濒临倒闭的公司。不久,他遇到了那个会成为他女朋友的女孩,遗憾的是女孩已经有了男友。不过没关系,他以客户的身份和她偷情。在一次偷情的时候,女孩当时的男友在对面楼里看到了这一幕,他很快跳楼自杀了。他纵身跃下的时候,身上那件汗渍斑斑的T恤随风飘扬……男孩大声咆哮着:"白日梦公司,救救他!"

244秒的视频红了！所有参与视频制作的人都红了。导演红了、编剧红了、制片人红了，甚至连剪辑师、摄影师、服装师、道具师也不例外。他们的档期都排得满满的，五年之内都不会有假期，唯一的休闲娱乐方式只有数钞票。所有人都红了，唯独白日梦公司依旧无人问津。

白日梦公司收到一封电子邮件，发邮件的是一位风水大师。大师说公司的名字不吉利，叫什么白日梦嘛！应该叫美梦成真，应该叫心想事成，应该叫想啥来啥。大师说视频也不吉利，视频的长度是244秒，那就是4分零4秒，应该搞一个8888分钟的视频，不管有没有人看，起码它能破吉尼斯世界纪录，到时候公司想不红都难。

办法之三

白日梦公司建造了一座号称世界上最牢固、最万无一失的"纳米迷宫"，多家媒体对此进行了跟踪式采访报道。"纳米迷宫"采用了世界上最坚固、最薄的纳米材料石墨烯建造而成，"纳米迷宫"的设计师是神秘的昂巫先生，他曾为美国花旗银行、英国汇丰银行、瑞士银行以及日本瑞穗集团设计过金库。它汇集了30余种最先进的防盗报警系统，还聘请了全球首屈一指的士瑞克保全公司，为其提供24小时全方位护卫。庞大的保安队伍中还聘请了从"美国海豹突击队""英国特别空勤团"退役的精锐特种战士。白日梦公司的董事长在接受采访时声称，"纳米迷宫"堪比从未失窃的美国联邦储备银行，绝不逊色从未发生越狱事件的克林顿监狱——它是世界上最坚固的保险库。安保设施中最关键的一环是"迷宫",即便使用计算速度最快的计算机也需要两个小时才能破解,一旦报警设备被触发,"纳米迷宫"会立即进入无氧状态,没有人有能屏住呼吸两个小时,也没有谁能招架得住士瑞克保全公司的安保人员和特战精英联手进攻。而白日梦公司之所以这般大费周章,就是为了保护其研制出来的新产品:"玉言丸"和"过一丸"。

通过媒体的传播发酵,很多人开始关注"白日梦公司",开始揣测"玉言丸"和"过一丸"究竟价值几何,又有着什么样的神奇功效。

不祥的预兆随即传来。150年内从未发生越狱事件的克林顿监狱发生了越狱,四名男性犯人在从容地逃离监狱时,还顺手牵羊地拿走了一名狱警的制服,制服里有48美元、半包香烟和两枚保险套。紧接着,美国联邦储备银行也出事了。联邦银行是世界最大的黄金贮藏所,全球有超过四分之一的官方黄金储藏在那里。联邦银行建立80年来从未失窃,因为它建立在曼哈顿地下庞大的花岗岩层上面,永远不用担心犯罪分子通过挖掘地道的方式偷窃。然而,一伙悍匪驾驶的车队浩浩荡荡地开到了联邦银行门前,他们用坦克和装甲车轰开了保险库的大门和所有号称牢不可摧的保险设施,之后,他们用挖掘机铲走了大批的金条。

预兆很快在白日梦公司应验了。两个穿戴像农村人的中年男人镇静自若地走进了"纳米迷宫"。其中一个用铁扳手敲砸了几下,便舒舒服服地拿走了"玉言丸"和"过一丸"。

失窃案引起了轩然大波。白日梦公司发出了悬赏公告，无论是谁，只要能找回失窃的"玉言丸"和"过一丸"，公司愿支付一千万人民币作为酬谢奖励。

白日梦公司终于火了。客服人员每天不仅接到数以万计的线索电话，还要验明千奇百怪的、所谓被找回的"玉言丸"和"过一丸"。公司发出声明："玉言丸"和"过一丸"是由当今最权威的科学家研制而成的，所采用的材料包括普陀鹅耳枥的花蕊、绒毛皂荚的荚果、白头叶猴的脐带和犁头龟阴囊等稀缺物品。全球的犁头龟仅剩300只，白头叶猴仅有59只，绒毛皂荚仅有两株，普陀鹅耳枥仅存一株。无论从科技层面，还是原材料层面，任何人都无法仿制"玉言丸"和"过一丸"。

咨询购买的电话渐渐多了，有人想购买"后悔药"，客服人员回答说，"后悔药"的价格是99999亿美元，我们公司只接受现金支付，不支持分期付款和银行贷款。有人想购买"时光逆转仪"，客服人员回答说，购买"时光逆转仪"需要签署繁杂的文件和协议，正常人不吃不睡，签完这些合同和协议大概需要三十年左右。有人想买"重生丸"客服人员回答说，"重生丸"的价格是99999亿美元，我们公司只接受现金支付，不支持分期付款和银行贷款，而且客户需要签署繁杂的合同和协议，正常人不吃不睡，签完这些合同和协议大概需要三十年左右。

一个声音沙哑的客户在咨询了两个小时以后终于不耐烦了。他说："销售嘛，我懂，无非是两种方法，第一种是超市型销售，超市里有30%的产品价格比较便宜，客户在超市购买这些产品的同时还会顺带着买点别的产品，那些产品的价格要高于市价，这样就保证了超市的利润。第二种就是你公司这种，你们号称有很多种神奇的产品，勾起客户的购买欲之后，你们会用各种说辞让客户放弃对这些产品的购买。其实你们根本就没有什么后悔药、时光逆转仪……你们想卖的是其他产品！说吧，你们到底有什么？有没有价格适合基层土豪、手续简单的产品？"客服人员说："'玉言丸'和'过一丸'。每一枚需要一千一百万人民币，手续简洁，当天付款即可提货。遗憾的是，我们公司的'玉言丸'和'过一丸'各只研制出一枚，还被偷了。"

声音沙哑的客户迷茫了，媒体也集体迷茫了，白日梦公司造出这么大声势不就是为了兜售产品，不就是要赚钱吗？做了这么好的广告，怎么没货了呢？

白日梦公司到底要干什么呢？

01_
墙根女

闲暇的午后，在空荡荡的车厢里或者绵软温暖的床上，女孩子们多会生出这样的白日梦——

早高峰时段，你一如往常地站在车水马龙的十字街头等待红灯，忽然时间凝固，世界静止，那个暗恋已久的人迎面而来，在你的面前摆下十几双大小不一的水晶鞋，无论如何，总有一双水晶鞋适合你，无论如何，你都是他痴恋的灰姑娘……

你站在绿茵如海的草原中央，云朵般的降落伞随着漫天的花雨缓缓飘落，英俊如贝克汉姆，富比比尔·盖茨的男子迅速挣脱了降落伞，将炫丽的婚纱套在你的身上，随后手捧着硕大的钻石跪在你的面前，你若不答应，他的膝盖便会长出根须，把自己跪成一棵相思树……

月朗星稀的深夜，几十辆豪车房车大卡车堵在你家楼下，疯狂的追求者们大打出手时，一个矫健的身影出现在窗前，用银色的斗篷把你卷出房间，带着你在田野、山脉、丛林上空飞行，当他拥着你掠过海面时，无数的礼花刺亮了夜空，绽放的花火在空中排列出爱的誓言——"我爱你""爱老虎油""亚溜不溜介别亚""耶逮麻""阿尼偶嘀夫偶塔西"……（中文"我爱你"后，分别为英、俄、法、犹太语"我爱你"的谐音）

唐媛媛的白日梦却与众不同：她坐在阳光充盈、堆满毛绒玩具的房间，桌上摆着暗香漂浮的百合花，肥胖的猫咪懒洋洋地舔着爪子，一个高大的身影坐在她的身旁，把她揽到怀里，用宽厚的手掌一遍遍轻抚她的长发……也许他们并不富有，但生活还算过得去，他们共苦同甘，他们忠贞不渝，他们时而相敬如宾，时而嬉闹如顽童……

唐媛媛通过失窃案对白日梦公司多少有些了解。对于她来说，白日梦不是面无表情的公司招牌，不是暧昧的商业行为，它是个褒义词，是令她惬意的私密空间。

这天清晨，醒来的唐媛媛来不及做白日梦，便发生了咄咄怪事。

唐媛媛的手机用了三个月，微信至今都是一片死寂，给她打电话的只有三个人，她连诈骗电话都没接过一个，难道骗子长了千里眼，也是"颜帮"成员？三个月来，唐媛媛的手机只有两个用途：手表、闹钟。

而今天唐媛媛拿过手机，发现微信上加她好友的人多得数不清，未接电话也有上百个之多。她来不及仔细查看，手机便哀鸣一声，宣告电量耗尽，关机了。

第二件怪事是住在楼下的保洁姐姐。年纪不过三十却有着五十岁容颜的保洁姐姐，总是无限循环模式，她喋喋不休地说着三句话，"没有一个好东西""没有一个好东西，把那事儿当饭吃""就没有一个好东西，还有一个吧，也就那一个"。唐媛媛刚搬过来的时候，好奇地看了她一眼，她便用灼骨剜心般的目光狠狠地回敬了她。唐媛媛从此对保洁姐姐避之千里，若是躲避不及，也像做了贼般飞快路过。今天保洁姐姐仿佛脱胎换骨，远远地迎上唐媛媛，目光从热情似火变为欲言又止，瞬间又变成羞涩难堪。唐媛媛摸完头发摸衣服，难道自己长了络腮胡子，难道又穿错了衣服？不然保洁姐姐怎么会把恋爱方程式全堆在脸上，娇滴滴、明艳艳的万种风情。

第三件怪事发生在公交车上。公交车还是那个公交，乘客还是像春运般的多。以往那些男孩男生老爷们把她当成面团一般揉来揉去，但他们都是谦谦君子，从不会揩油占便宜。今天唐媛媛刚一出现，公交车里便自然地空出了足以让两个壮汉摔跤的空间。她刚站稳，几名男孩男生老爷们便围了上来，跟她七扯八扯，没话找话。受宠若惊的唐媛媛绷紧了身子，难道这是男子监狱开出的公交？难道自己又穿错了衣服？

最大的怪事出现在公司。十几名模特站在公司门口，接皇帝大驾一般候着她。模特们把她团团围住的时候，路边卖油炸臭豆腐的小丫头正在用手机给她九连偷拍。

"糖球球，香帅的胸肌是不是隆的？能看出来吗？"

"球球，香帅身上真有香味？是古龙水的味儿还是体香？"

"什么球球，什么糖球球！得叫天使妹妹。你们说什么呢？乱七八糟的。有你们这样的嘛！天使妹妹，香帅手机号多少，微信也行啊。告诉我吧，我知道他忙，我保证只在夜深人静的时候给他发玉照。"

"香帅"的名字叫穆香九，是令无数少女少妇少奶奶魂飞魄散的影视歌三栖明星，是人帅健壮没绯闻的好男人。唐媛媛恍然大悟，原来一早晨的咄咄怪事都和香帅有关。昨晚香帅莫名其妙地找到她，莫名其妙地和她聊了三个小时。不过唐媛媛还是不明白，跟香帅聊聊天就能铁树开花、胖妞翻身？还叫她天使妹妹？这些怪事可都是女神才能享受的待遇。苦熬了20年，唐媛媛终于晋级为"路边摊女神"。

模特们叽叽喳喳地问个不停，仿佛唐媛媛是福尔摩斯加大不列颠大百科全书，再加哆啦A梦。昨天下班前这些"大长腿""大长腰"还都是有底线的人。她们尽量不和唐媛媛出现在同一个空间，如果实在避免不了，那也一定要保持永远的三米距离。不仅保持距离，唐媛媛坐着，她们绝不站着，唐媛媛站着，她们一定坐着——不仅坐着，还得跷起二郎腿，抖起闪光的高跟鞋。

身高一米五、体重一百二十斤的唐媛媛确实不适合在模特公司工作。第一天上班，她就获得了"墙根女"的荣誉称号。唐媛媛第一天上班穿着红黄条纹的衬衫和二十世纪九十年代流行的松糕鞋，那条低腰牛仔裤里面还穿了条秋裤。唐媛媛的这身打扮立即传递给模特们一个信号,此妞没钱没品位没闺密,甚至连屌丝界的花花公子也不会围着她不停地"嗡嗡嗡"。唐媛媛的衬衫仿佛烤过的培根,被牛仔裤紧绷的双腿如同要滴出油来的烤香肠,年老色衰的松糕鞋更像是干瘪的面包。范丽丽盯着她,嘴里念叨:"我再也不吃培根了,我再也不吃烤香肠了,我再也不吃面包了,我再也不吃汉堡包了……"

最恐怖的是唐媛媛那个庞大如麻袋的购物包,每次唐媛媛下班的时候,模特们都会用捉贼般的目光盯着她,唯恐她把公司的冰箱装进包里顺走。

模特公司的老总说话最婉转:"哎哟,球球,没看出来啊,你还是个异装族!"

"墙根女"不是刻薄的模特范丽丽送给唐媛媛一个人的。对于所有无男眷顾、至今仍是"白玉无瑕"的女生,她都是这样称呼。她说"墙根女"是那种别人聚会她散会,别人洞房她听床的单身女性。

"滚滚滚!想套近乎,早干吗去了!"范丽丽手捧着一盒油炸臭豆腐从远处狂奔而来,她连推带踢地驱赶模特们的时候,还往嘴里扔了瓣大蒜。

范丽丽第一个叫唐媛媛"墙根女",第一个叫她"糖球球",第一个对她呼来喝去,也是她的第一个朋友。唐媛媛的工作是模特助理,是那种忙到脚打后脑勺的小助理。她是老总的助理,也是公司十几个模特的助理。演出时负责服装道具端茶倒水按摩捏脚,在公司负责接待擦桌拖地代买快餐零食，还要照顾宠物，属于360度无死角型勤杂工。范丽丽最怕宠物，老总那条斗牛犬对她脚踝文的蝴蝶却情有独钟，一有机会便会流着口水观赏一番。每到这个时候，唐媛媛便会带着它去楼下寻觅心仪的姑娘。于是唐媛媛成了范丽丽的朋友，她可以对唐媛媛呼来喝去，但别人不可以；她可以让唐媛媛端茶倒水按摩捏脚，但别人绝对不可以。她告诉唐媛媛穿红黄条纹的衬衫显得她更胖了，曾经称霸一方的松糕鞋早就过时了，农村的大妈都把它抛弃了，腿粗就不要穿牛仔裤，实在无法割舍和秋裤如胶似漆的感情也可以，但是千万不要露出来。

唐媛媛没出现的时候，范丽丽是孤单的。她是超级吃货，是美食活地图，其实有谁不是吃货，最多把吃货改个说法，说自己是美味鉴赏家。范丽丽是个奇葩鉴赏家，她专吃各种气味强烈的食物，肥肠烤鱼烤串臭豆腐都是她的最爱。生活在食品安全为负数的年代，纠结的范丽丽学会了用大蒜消毒。黄豆酱豆瓣酱辣酱虾酱配大蒜，猪排牛排羊蝎子配大蒜，豆汁臭鳜鱼臭豆腐配大蒜，如果榴梿可以红烧，也必然要配上大蒜。真是百搭风骚的大蒜。范丽丽和唐媛媛成为闺密，其实是弱弱联合。强强联合是乘法，两个大美妞在一起逛街，吸睛率是单个美女的N数倍，弱弱联合则是除法，她们两人一起去逛街，旁人先是看到一个异装癖的肥妞，接着是大葱大蒜肥肠烤串烤鱼臭豆腐各种味道荡漾扑鼻而来。想有回头率不难，难的是街上没人。

还是模特公司的老总说得婉转："你们俩这个组合，不当城管真是浪费了。"

"咋了？红了就不搭理姐们儿了？手机为啥关机？"范丽丽全歼了大蒜臭豆腐，妩媚地朝油炸臭豆腐的摊位瞄了一眼。

"它呀？大蒜吃多了，没电了。"唐媛媛在庞大的购物袋里翻了好一会儿，才把停工的手机拿出来。

"我就吃，臭死你！"范丽丽笑嘻嘻地做了鬼脸，随后变脸般恶狠狠地朝留在原地的模特们大喊，"还不走，等着过清明节呢？"

"天使妹妹……"一个模特怯生生地说，"你也帮我一把呗。"

"帮啥？帮你找初恋？"范丽丽勒索一般伸出手，"行啊。有钱就行。我们家球球按秒计费，昨天香帅跟她聊了三个小时，见面的时候他是亿万富翁，走的时候成穷光蛋了。"

"找什么初恋？"唐媛媛一脸迷茫。

"装得真像。"范丽丽抱着唐媛媛浑圆的肩膀说，"咋？想进军影视界了？香帅是不是答应你跟他演床戏？"

"那得要张铁床，要是普通的床，就凭我这身连锁脂肪，上去就压塌了。"唐媛媛笑成了一朵花。

"你真可爱。"

"总说我可爱，你就没有别的词夸我了？"

"就您老人家这身高，这底盘，这规模，除了说你可爱，我还有别的词吗？"范丽丽咬着唐媛媛的耳朵说，"我请你吃臭豆腐，也帮我把初恋找回来吧,可爱的初恋天使。"

"我怎么又成初恋天使了?"唐媛媛愈发疑惑了,"你们怎么都知道香帅找我了?"

02_
毒闺密

唐嫒嫒坚信范丽丽嘴里的"天使"和爱情、圣洁、雪白的羽毛绝对没有任何关系,她大概会说:天使就是老天爷造的食物残渣。

范丽丽把拒不招认的唐嫒嫒架进了公司,推开门的瞬间,她们都愣住了。

公司走廊的两侧站满了人,有老有小,有男有女。他们拿着花和礼物,虔诚而谦卑;他们擦着汗,像是跋涉万里;他们不敢高声,不敢一拥而上,唯恐不良的第一印象坏了自己的大事。

范丽丽一眼看出了其中的端倪:"球球,你成月老了,都来找你求姻缘了。都听清楚了,找初恋到我这儿交费,有爱没钱的出门往右走,直行一百米有公交站。"

老老小小男男女女齐刷刷地盯着唐嫒嫒,如同等待女王的特赦。

唐嫒嫒不由地后退了一步,这些充满期待的眼球似乎要把她生吞活剥。

一个二十五六岁，穿着帆布鞋的男孩先开了口："我算不上求姻缘，我是想请唐小姐帮我把我媳妇找回来。"

范丽丽伸手推开他："找人啊，那更好办。连门都不用出，拿出手机拨打110，24小时无障碍终生免费服务。"

帆布鞋男孩连忙解释："我媳妇就是我的初恋，我这个人什么都好，就是脾气不太好，有点大大咧咧、大男子主义，另外喜欢热闹，经常和朋友喝酒唱歌打牌，偶尔和几个女孩暧昧一下。真的是偶尔。"

"这叫什么都好？"范丽丽嘴尖牙利，"你这叫没什么好的。"

"上个月我跟我媳妇离婚了，现在特别后悔，想请唐小姐帮我把媳妇找回来。"

穿着银色高跟鞋的中年女性紧跟着说："我也属于不懂珍惜的。我在国企工作，从结婚就看不起我家先生。现在应该叫前夫了。我不奢望跟他复婚，只要能在一起生活就行，毕竟我们还有个孩子，我家孩子快十岁了，不能让他生活在单亲家庭。"

"当初肯定是你逼着你老公离婚的，后悔了又拿孩子说事。"范丽丽撇撇嘴，"我告诉你们，我们家球球是有那个能力，可我们不是白日梦公司，不是卖后悔药的，也不是谁动动嘴皮子就能请得动的。"

"你们说什么呢？我有什么能力，我怎么不知道？"唐媛媛像是喝了白酒红酒伏特加，脑子乱纷纷的混乱。

随着唐媛媛进门的男人笑眯眯地说："能力是无形的商品，唐小姐的能力更是有市无价。"

"别绕了，你想说什么呀？"范丽丽打量着他。他五十岁左右，休闲小领带、墨镜、上唇的小胡子和锃亮的小背头把他打扮成新潮的帅老头。和他不凡的气质比起来，他的大鼻子也是一个显著特征。

帅老头笑得很含蓄："魔力也可以成为商品，商品不仅要有市，也要有价。"

"那你出个价吧。"

"别胡闹了。"唐媛媛挡在范丽丽身前，"对不起，我朋友喜欢开玩笑。"

"你干吗来了？赶紧回去上课，古代的那个谁说得多好'书中自有黄金屋，书中自有小正太'。"范丽丽看见了一个穿着校服的初中女生。

初中女生抬起哭得红肿的眼睛，哽咽着说："我跟我男朋友分手九年了，我想……"

"你等会儿再想，"范丽丽打断了她，"你才多大？九年前就初恋了？"

初中女生忽然激动起来："你这个老女人怎么这么毒舌，怎么那么不懂浪漫？一日不见如隔三秋不明白吗？我们分手三天了，是不是九年！"

"我才二十一就成老女人了？"范丽丽疑惑地捏了捏自己的

脸蛋。

更多的人涌进公司,模特们也不再矜持,纷纷向唐媛媛求助,走廊里的人群开始骚动,好像唐媛媛是个百八十斤的唐僧,别人吃了一口,自己便失去了长生不老的机会。

范丽丽护着唐媛媛走进公司的会议室,把她交给躲在会议室避难的老总,随后拿起纸和笔,飞快地写了起来。

"这么多人在公司闹,你也不管管。"唐媛媛喘着粗气,她太紧张了,每个毛孔都在出汗。

"你当红娘,我棒打鸳鸯?干坏事会损情寿的哦。"老总把没有点燃的香烟放在鼻子下面吸了吸,"球球,你现在红得发紫,得再帮我一把。"

"你先把这件事说清楚吧,我都懵了。"唐媛媛抢过老总手里的烟,"你不是戒了吗?"

唐媛媛在一夜之间成为"初恋天使",源头还在老总身上。

老总今年芳龄三十九,原名叫司徒美玲,她觉得自己不够名如其人,于是给自己改了个"一路凯歌"的名字:司徒高歌。她是个收获颇大的"收藏家",她在三十岁之前不仅收藏了北京服装学院、鲁迅美术学院的毕业证,还收藏了Central Saint Martins College of Art and Design(中央圣马丁艺术与设计学院)、Royal College of Art(英国皇家艺术学院)、Parsons the New School of Design(帕森斯设计学院)、Milan Fashion Campus(米兰时装学院)的毕业证。世界著名服装设计学院有一半她曾去深造或游历。她干劲十足地回到国内，一心想成为世界级的时装设计师，但折腾了近十年，设计师没混成著名，却把自己混成了模特经纪人。为了谋生，她不得不成立了模特公司。时至今日，她逢人便推销自己的设计理念，逢人便说自己生不逢时，她这匹亿万里马碰到的都是耳聋眼瞎、吃地沟油长大的伯乐。她每周都设计一套新的时装，自然没精力打理公司，公司很快变成了一盘散沙。于是出名的大模特不愿来，没名气的小模特来了也坚决不签约，在公司混到一点名气就开始玩失联。公司经营得不死不活，司徒高歌活得闷闷不乐，直到唐媛媛来到公司，才给了她一丝慰藉。

司徒老总的公司缺一个勤劳勇敢任劳任怨的杂工，而她缺一个倾听者。没有演出的时候，公司安静得像祖宗的牌位，她想请人吃饭，接到邀请的人听腻了她的豪言壮语、怨妇倾诉，口径出奇的一致——我在外地。唐媛媛是个热心肠，就算隔着半个城市，接到她的电话也会飞奔而至，陪她喝酒陪她抽烟陪她流眼泪，她喝醉的时候还能轻松把她扛回家。

司徒老总是个说话婉转的人，她说唐媛媛是个"毁"人不倦的热心肠。

初到公司，唐媛媛就忙上忙下，忙里忙外，她端茶倒水按摩捏脚，她擦桌拖地代买快餐零食。范丽丽不止一次骂她："你精力怎么那么旺盛呢？想减肥跳广场舞去。""歇会儿行不行？你益母草吃多了吧？""你是助理，知道什么是助理吗？你倒好，拿着助理的钱，恨不得把银河系的事都张罗起来。"范丽丽损她一万句，她只有一句话:"人要懂得感恩,老总给我工作的机会,我就得努力。"范丽丽便越发火冒三丈:"心灵鸡汤看多了吧,这么个破工作,你还感恩?"

不仅是范丽丽,无论是谁对唐媛媛说了过头的话,她一概不还口、不记仇,挨了白眼一定会奉送回香甜的微笑。永远保持香甜微笑的唐媛媛极度热心,该管的不该管的,统统要负责,要尽心尽力。她实在是太热心了!

一次,唐媛媛看到一个模特的杯子里只剩下小半杯水,主动给她加满了开水。不一会儿模特忙完跑过来,端起杯子猛喝了一口,随后天女散花般把水喷了出来,同时也把嘴里的药片喷了出来,她疯了似的大喊:"这是我留着吃药的温水,谁给我加开水了?"

还有一次发生在一个爱炫耀的模特身上。这个模特一进公司便到处嚷嚷,说每天都这么堵,就算坐在凯迪拉克的车里也把好心情耗光了;开车的人无聊又无趣,每天只会换着牌子给她准备巧克力,还有车里一堆堆的玫瑰快要把她熏死了。下班的时候,这个模特朝停在公司楼下的凯迪拉克走去,唐媛媛如同正义使者一般飙了过去,她一把推翻开车的男人,大声告诉他:"我姐妹说了,你这个人无聊又无趣,每天只会送巧克力,那么多玫瑰熏都把人熏死了。"看着飘走的凯迪拉克,这个模特带着哭腔问唐媛媛:"你不知道我那么说是在显摆吗?你不知道那个开车的是我钓了半年的富二代吗?"

唐媛媛几乎每天都在承受"毁"人不倦后带来的各种打击,即便唐媛媛真的是越帮越忙，范丽丽也看不下去了。

唐媛媛每天早晚两次要对公司进行海陆空全方位清扫。一次清扫过后，一个模特说丢了东西，眼睛直勾勾盯着她那个庞大的购物袋，认定她是个贼。

"丢什么了？"范丽丽及时出现了。

"胸！"模特的目光绕过范丽丽，依旧落在庞大的购物袋上。

"还丢了？你有过吗？"范丽丽轻蔑地用手指巡视了模特胸前的飞机场。

虽说唐媛媛高一米五，体重一百二，但她时刻保持香甜的微笑，还长了张娃娃脸，看上去是个十足可爱的小胖墩。她唯一让模特们嫉妒的是胸前那两颗上蹿下跳的"保龄球"。她端茶倒水的时候，模特们看到"保龄球"上蹿下跳便会说："烦不烦？"她擦桌拖地代买快餐零食的时候，模特们看到两个"保龄球"上蹿下跳便会说："烦不烦，烦不烦？"她"毁"人不倦的时候，模特们看到"保龄球"上蹿下跳，便会齐声说："烦不烦，烦不烦？烦不烦！"

生活大概就是这样。加班的时候，老板总觉得理所当然，你伸手要加班费的时候他便会咬牙切齿；你为闺密死党两肋插刀的时候，她总是欣然接受，你升职涨薪，天上掉桃花运的时候，她们总会冷嘲热讽，第一个说你用呻吟换明天。唐媛媛越帮越忙的时候，她们的心中只有仇恨。

"烦不烦？"模特们声嘶力竭。

事情很快搞清楚了。模特把硅胶胸垫放在桌上,被唐媛媛当作垃圾收走了。

"你不傻也不瞎,你不懂?你也是女人,你怎么可能没见过?算了,你勉强算是女人。"模特几乎崩溃了,这个世界上还有不知道什么是胸垫的女孩子吗?

"球球不像你,人家货真价实,用不着那玩意儿。"范丽丽再一次用手指巡视了模特的"飞机场"。

"烦不烦,烦不烦!"模特揪住想要离开的唐媛媛,"跑什么呀?我说错了吗?"

"对不起,对不起。我是想把你的那个……那个胸垫找回来,洗洗还能用吧?"唐媛媛的双手掩在胸前,试图熄灭模特心里的怒火。

"脑子来大姨妈了吧?都扔垃圾桶了,还捡回来!"模特用力打掉唐媛媛的双手,"显摆什么呀?你要是有点脑子,胸能那么大嘛!"

"多少钱?我赔给你。"唐媛媛真想转过身和她说话。她挺胸是错,掩胸也是错,不管说什么做什么,她就是错错错!

"赔你个头。留着钱买药吃吧。"

当模特带着愤怒和无奈快步离去的时候,唐媛媛不停地说着"对不起"。

"烦不烦!烦不烦!烦不烦!"模特似乎快要精神分裂了。

模特走了,唐媛媛的捍卫者范丽丽却改变了攻击目标。

"她这种人就是把好心当驴肝肺,在这种疯狗面前,你永远都是吕洞宾。哎,球球,你凭什么跟她说对不起?胸垫能放桌上吗?那和把内裤放饭盒里有什么区别?你帮她收垃圾,还给她道歉,你怎么那么贱呢?"

唐媛媛茫然地看着她。好心换来的真是驴肝肺,模特骂她,范丽丽对她也不依不饶。她不知道自己到底哪儿错了。

那天晚上,司徒老总忘了唐媛媛是个"毁"人不倦的热心肠,拨通了她的电话。唐媛媛穿过半个城市,来到路边摊,坐到她面前的时候,司徒老总还是老套路,半斤白酒加一盒烟把自己灌醉后便开始了漫长的倾诉之旅。唐媛媛也开始证明她在"毁"人不倦方面的天赋异禀。

03_
女上司的隐私

"我是世界上最伟大的时装设计师,为什么怀才不遇?"司徒老总郁郁寡欢。

"回家哄孩子吧。"唐媛媛笑容香甜。

"我设计的时装可以让全地球的人每人一套,都不带重样的。"司徒老总激昂万状。

"回家哄孩子,回家哄孩子!"唐媛媛的笑容依旧香甜。

"我是未恋未婚未孕女青年,没有男人睡我,哪来的孩子!"司徒老总涕泪横流。

司徒老总哭着说,她最大的梦想不是成为世界级的时装设计师,而是找回初恋。想当年她可不是坐在路边灌白酒啃毛豆、流眼泪吹鼻涕泡的怨妇,她是心高气傲横扫屌丝俱乐部的校花。同一个系里,她是高大上的"白嫩美",眼镜男是"壮帅坏"的小土豪,她是校花,学习成绩永远第一,眼镜男是校草,门门挂科,年年补考。但眼镜男人缘最好,她几乎没有朋友。眼镜男豪爽风趣,每个细胞都充斥着激情,一个人能让北冰洋"嗨"成维苏威火山。眼镜男偏偏爱上了她。为了追求她,眼镜男想尽了办法。她每晚泡在自习室,直到熄灯才回宿舍,为了和她共进晚餐,他干掉了学校的电闸,害得全校学生抱着蜡烛洗漱。为了和她单独相处,他请全系同学吃饭,让他们轮流给她敬酒,等她从酩酊大醉中醒来,发现他目不转睛拉着她的手守了一整夜。

司徒老总笑得花枝乱颤:"你们这些小屁孩懂什么浪漫啊,他送我一屋子的花,都是一百块美元叠的,是他亲手叠的。你们这些村炮,知道什么叫刺激吗?老娘20年前就玩过车震了。"

唐媛媛不得不提前扛起了她,路边摊不能再吃了,老板的脸上分明写着:这个吹牛的老娘们又开始耍酒疯了。

司徒老总在唐媛媛的肩头颠簸的时候依旧说个没完:"我们第一次约会的地方是学校的小树林,那晚的大月亮,圆!那晚的小夜色,美!那晚销魂的风,都是薰衣草味的!"

唐媛媛说:"你会找到他的,你们一定会花好月圆。"

酩酊大醉的司徒老总嚷着要找回初恋,唐媛媛热心地给她想办法。她把春心未泯的司徒老总带回了那个小树林。唐媛媛是个热心肠,她盘算着想在茫茫人海中找眼镜男无异于大海捞针,但小树林还在那儿,走不掉,逃不脱,她可以让司徒老总再感受一次大月亮、小夜色和薰衣草味儿的风,这样总应该能缓解她内心的悲痛。

唐媛媛扛着司徒老总去小树林之前,她只当"毁"人不倦是个玩笑,到了小树林之后,她才明白,这是个真实到了冰点,残酷到了沸点的现实。

唐媛媛背着司徒老总一路狂奔,一路高歌:"我带你去找初恋!"

刚进小树林,司徒老总的酒就醒了一半,她热泪盈眶地环顾四周,这是她最熟悉、最渴望回到的地方。这个地方和大月亮、小夜色、薰衣草味儿的微风无数次在她的白日梦中出现,无数次勾出她的泪水和畅想。她在梦中号啕痛哭,她恨自己当初非要做什么"收藏家",非要想成为什么一流的设计师,如果不是她想要的太多,如果眼镜男带着她走进房间的时候,如果她看到房间里堆满了他用美元叠出的玫瑰的时候,答应他的求婚,说一声老娘这辈子就交给你了,他们该是幸福的一对,此时的他们会像很多牵着手走在爱海中的伴侣一样,尽情品尝着爱情之美。

她忽然觉得以前对唐媛媛是不是不够好。她是个细心的好姑娘,如果不是唐媛媛,她怎么可能感受到浑身酥软的温馨,她似乎看到了年轻英俊的眼镜男正躲在远处的树后,准备给她一个充满惊吓和荷尔蒙气息的狂吻,她似乎看到她已经被眼镜男紧紧拥在怀里,他喘着粗气啃着她的耳朵,她紧闭着双眼,连手指都羞红了。她似乎看到自己一次次用羞红的手指打掉眼镜男的手掌,很快又抓起他的手掌,塞进自己的裙子里。她似乎看到眼镜男再次献上了美元折叠的玫瑰花,这一次她哽咽着说,老娘这辈子就交给你了!

然而,司徒老总不过是在醉醺醺的夜里做了一个富丽堂皇的白日梦。她在小树林没有找回皎洁的大月亮,缥缈的夜色和荡漾着薰衣草味道的微风,没有找到她的眼镜男,更没有说出老娘这辈子就交给你了这句话。她看见树林深处有几对野鸳鸯此起彼伏,她的脚踩到了一团皱巴巴、脏乎乎的纸巾,远处还躺着一只皱巴巴的保险套。在一瞬间,司徒老总陷入了混沌。这里就是承载着她初恋的小树林吗?没错,就是这儿。这里真的是那个小树林吗?不,它完蛋了,它不属于初恋,它属于一夜情和放肆奔涌的性激素。

"这不是我的小树林!"司徒老总呼啸着冲出了小树林。

司徒老总像疯了一般冲出树林,疯了一般抓住唐媛媛,她揪她的头发,掐她的大腿,拳头疯了一般落在她的身上。小树林就在司徒老总生活的城市,她随时都能去。二十年的相思,二十年的爱,像船锚一样坠着她的心,可是她从未去过小树林。正如她深爱着眼镜男,却从未去找过他一样。时隔多年,她不知道眼镜男的生活如何,不知道他的心境变了多少,不知道他对她的爱是否还在。如果一厢情愿地去寻他,不如相忘于江湖,她只需要保留初恋的美好记忆就足够了。然而,眼镜男消失在了人海,初恋也被唐媛媛扼杀在了小树林。

司徒老总打累了,颓然坐在地上喃喃自语:"我让你带我找初恋!我让你'毁'人不倦!你还我的大月亮,还我的小夜色,还我的薰衣草味……"

伤痕累累的唐媛媛一动也不敢动,唯恐再说错什么,做错什么。

事实上,不要梦想着和上司成为好朋友,尤其是同性上司。

只有一种情况例外，工作中你不会对她产生威胁，永远不会取代她，在生活中她永远要充当人生导师的角色，永远要求你对她唯命是从。

"我永远成不了最好的时装设计师，我是白日做梦，我是傻子，我是二货，我做了二十年的白日梦……

"大月亮没了，小夜色没了，薰衣草味儿也没了……他在哪儿？我再也见不到他了……

"不要了……不要初恋了，不要公司了，什么都不要了……我老了，我只能去哄孩子了……"司徒老总抬起头时已是泪染双颊，"我什么都没有，我连哄孩子的资格都没有……"

司徒老总发疯的前一刻，她虽然抽烟灌白酒，虽然拥有爆裂一切的倾诉欲，但她还有风趣和骄傲，还有梦想，还有回到年轻时代，重温旧梦的幻想。初恋支撑着她孤独的人生，然而此时此地，梦破灭了，初恋如同时光一般无情地绝尘而去，除了懊恼和绝望，她还能做什么。

这一刻，唐媛媛觉得司徒老总真的老了。这一刻，唐媛媛意识到自己彻底毁掉了她。

司徒老总拖着萎靡的身体朝远处走去，如同走向遥不可及的归宿，如同走向近在咫尺的坟墓。这时司徒老总的眼睛被人蒙住了，她怔住了，许久说不出话，她似乎又嗅到了薰衣草的味道。那个人正是眼镜男。

眼镜男疯狂地亲吻着司徒老总，他说他天天都来小树林，他说他天天都在盼望着和她重逢，他说她怎么还是那么清高，昔日的同学一个都不联系，他说她还是那么美，还是那么孤傲，连眼泪都像晶莹剔透的水晶。

司徒老总怔怔地任由眼镜男用嘴唇倾诉着相思，许久才喃喃地说："我喝多了……肯定是喝多了，磕死了，要知道死了就能见到你，我早该死了。"

眼镜男紧紧抱住了她："有我在，你永远不许死！"

司徒老总渐渐清醒了，虽然小树林里呻吟与喘息许久不息，但这一切都成为过去了。小树林、大月亮、小夜色、薰衣草的味道都不重要了，因为眼镜男回来了，她的初恋不再是痛苦的回忆，而是美好的开始。

"球球，你就是个有魔力的天使！"司徒老总的脑子里迅速跳出了一个让唐媛媛再次施展魔法的念头，"你能不能把他变得再强壮一点？"

短短的时间里唐媛媛绝地反击，成功地摆脱了"毁"人不倦的恶名。

司徒老总终于如愿以偿，她和眼镜男迅速领取了结婚证，虽然她只和眼镜男谈过一次恋爱，眼镜男已经离了七次婚，是真正的"七次郎"。

新婚之夜，司徒老总在微信朋友圈发了一段话：总以为那副老眼镜在痴情的小树林哭瞎了眼，如今圆月依旧，夜风习习，薰衣草盛开，二十年的离散不过是一场苦情戏，你七纸的婚约只是迎来送往,在寻我的路上迷失了方向。感谢你,甜腻的糖球球,你是亲吻爱情的天使,拥有花好月圆的魔力!

"玉言丸"和"过一丸"失窃后,白日梦公司又有了新的举措。公司在建立微信公众号"冒牌天使"之后,举行了征集"白日梦"的活动。每个关注"冒牌天使"的人只需提交手机号,根据发到手机上的验证码便可以提交属于自己的白日梦。白日梦公司会根据不同的情况做出回复,并帮助其中的一些人鉴定梦想,从而实现梦想。

司徒老总前不久提交了自己的白日梦,并配发了几张照片。每个人提交白日梦申请时都怀有不同的心态,有的人玩世不恭,有的人肆意泼洒着自己的想象力,有的人带着姑且一试的心态,但紧张地期待着梦想成真。司徒老总是这三种心态的综合体。她努力了二十年,不敢相信有谁能帮她在极短的时间里实现梦想,但她不想错过任何机会。每个人的白日梦申请规定在五百字之内,司徒老总斟词酌句,加上标点符号,刚好写了五百字。她把自己在模特公司办公室的照片,去参加时装发布会时的照片,各种时装学院毕业证的照片,以及抽烟喝酒吃烤串等九张照片一同发了过去。面对"回报"一栏,她犹豫了,她是个无钱无势无美貌的女人,能回报什么呢?几经思索,她决定了,如果她的白日梦能够实现,她愿意举办一场以"初恋"为主题的时装秀,希望以此让人们珍惜爱情,护佑爱情。

司徒老总的白日梦不是成为世界上最好的时装设计师,而是找回她的初恋——眼镜男。

"冒牌天使"公众号接受了司徒老总的申请，她只知道这家公司会派出梦想鉴定师对她的白日梦进行鉴定，如果符合规定，梦想赞助商便会帮助她实现梦想。她一直不明白，梦想鉴定师会怎么鉴定她的白日梦，梦想赞助商会用什么方式帮助她？

司徒老总在小树林找回初恋后，曾怀疑唐媛媛是帮助她实现白日梦的梦想鉴定师，可她很快又否定了这个想法，唐媛媛怎么可能是"白日梦"那样高端公司的职员，她连助理的工作还做不好呢。她觉得遇到眼镜男完全是唐媛媛个人的功劳，和白日梦公司没有任何关系。

司徒老总在城市的一端熄灭了洞房的花烛，城市的另一端有人点亮了床灯。这个人正是香帅。

香帅最近一直在拍夜戏。睡了一整天刚刚醒来的他无意中看到了司徒老总发的那段话。这段话在微信朋友圈被转发了五千多次，有近六万人阅读，每个人都在祝福这对在不惑之年找回初恋的人。有人在祝福、感叹之余，开玩笑地说希望唐媛媛也帮他找回初恋。香帅迅速抓起电话，他告诉助理，马上找到唐媛媛，他抓起电话告诉导演，今晚的戏不拍了。助理说，唐媛媛是个普通到雾霾里的女孩，没法找。导演说，再有一个小时就开拍了，女一号男二号女二号和上百名群众演员都等着。香帅说："不管！不管！"

04_
大明星的小初恋

唐嫒嫒打开房门的时候穿着睡衣，皱巴巴的睡衣上写着"掐死灰姑娘"。她揉着乱糟糟的头发，咬完指尖咬舌头，以为自己做了个离奇的梦。

香帅把她按到沙发上，随后站在她面前，用飞快的语速和混乱的逻辑说明了来意。

"唐小姐，我知道这样做太荒谬了，但是我觉得可以试一试，不，应该说必须试一试。我一直想做这件事，每天都想，一有空就想，可是我没有那么做……我不知道为什么，反正我希望你帮帮我。"

"你是谁呀？"唐嫒嫒慌乱地站了起来，像一只受了惊吓的猫。

香帅瞬间领悟了自己的唐突，任何一个女孩子面对冲进她房间的陌生人都会做出这样的反应，即便他是香帅。

"我是香帅。"香帅再次把唐嫒嫒按到沙发上，不过这次他的力气很小，仿佛在征得她的同意。

唐嫒嫒使劲点头，努力让自己冷静下来，无论是惊吓还是惊喜都太突然了，她似乎丧失了语言能力。

"我是香帅啊，就是那个……你知道吗？"香帅以为唐嫒嫒没认出自己。他又唱又跳，还摆了一个造型，最近他在好莱坞大片里出演主角，那是他的招牌动作。

唐嫒嫒拼命点头，她不是粉丝，不是花痴，可是香帅真的又香又帅，香得让她不敢靠近，帅得让她不敢直视，似乎这么做是一种大不敬的亵渎。

"我认识你，我一直想去听你的演唱会。"唐嫒嫒稳定了情绪，但说出的话并不是她的本意。

唐嫒嫒心里想说的是，你真是香帅啊，快让我抱抱，让我捏捏，快和我来个45度自拍。

"从现在开始你是我永远的贵宾，无论演唱会、新片发布会，还是其他的活动……总之，任何我出席的公共活动，第一排永远有你的位置，而且永远免费。"

唐嫒嫒使劲咬着嘴唇，她不知道该尖叫还是趁机扑过去，赚一个又香又帅的拥抱。

"你知道我不会伤害你，我也知道你是唐嫒嫒唐小姐，是一个可爱的女孩。我看到一条微信，说你帮别人找回了初恋，说你有一种奇妙的魔力，我想请你帮我。"

为什么所有人都用"可爱"来形容自己，唐嫒嫒有些绝望了。

"帮你找初恋？"唐媛媛不可思议地看着他。香帅有无数的朋友数不清的粉丝，他想找一个人根本不需要她的帮忙。

"我最喜欢她跳芭蕾舞，那个时候她就像一只骄傲圣洁的白天鹅。我每天都做梦，每次都梦到一只圣洁的白天鹅朝我飞过来。"

香帅坐在唐媛媛身边，如同老友一般讲述了他的初恋。七年前，香帅刚刚出道，那个时候他还是穷得一件衣服穿四季的舞台剧演员。幸运的是，他遇到了来自俄罗斯的女孩，她是个多才多艺的留学生，她会跳芭蕾，懂得绘画、音乐和表演。她无私地帮助了初出茅庐的香帅，也许现在看来，她不是优秀的演员，但她把扎实的基本功全部教给了他。还有她的爱。他们像是两个小糖人，日日夜夜黏在一起，他们彻夜讨论艺术，朵颐彼此的激情和浪漫。

"当时我们从来没有谈过将来，甚至都没想过。可能是我不敢想，现实太甜蜜，未来太遥远，也太可怕。"香帅痛苦地摇着头，"不，是我没有想过，她……"

当年的香帅有很多不良的坏习惯，他熬夜睡懒觉吃垃圾食品饮食毫无规律，是俄罗斯女孩帮他建立了健康的作息生物钟，强迫他健身，吃绿色食品。她不止一次说过，她培养出了精品好男人，不知道将来谁来享他的福。香帅不以为然，他觉得在一起便是永远，手牵手便是永恒。

"她回国之前，我忽然红了。我那个时候什么都不懂，忽然红了以后把我搞得手忙脚乱，我顾不上再像以前那样和她黏在一起，直到她离开的时候，我才明白了，我们要分手了。她喜欢中国的武侠小说，她叫我无忌，我叫她小昭，我太傻了，为什么这么称呼？张无忌和小昭最后没有在一起。她走的时候我整个人还在走红的兴奋中，直到她登上飞机前，哭着大喊无忌，无忌……我才明白……可是一切都晚了，我什么都没说，没有承诺，没有她在俄罗斯的联系方式，什么都没有……我除了会梦到白天鹅，什么都没做……我就是头猪！"

"后来呢？"唐媛媛用力握着拳头，似乎力量能让她想出拯救他的办法。

"没有了。她回国以后没有联系我，我也找不到她。我真的是头猪，六年了，我天天想她，可是从来没去找她。"

香帅说完深深吸了一口气，面带苦笑，望着唐媛媛。唐媛媛也放下了手机，她找到了他所说的，司徒老总在"冒牌天使"上发的那段话。

"你说的那个人，她找到了初恋，是和我多少有点关系。不过她那么写是因为她太高兴了。"

唐媛媛把帮司徒老总找初恋的经过和盘托出。她不忍心看着香帅就这么绝望离去，她尽量说得详细，尽量多说一些，似乎说得足够多就能挽救他的绝望。

香帅确实绝望了，他说了声"我知道了，打扰你了"。他站起身时身体微微摇晃了一下，但很快恢复了正常。

"对不起，对不起，我真的很想帮你，可是……"唐媛媛用力抓着乱糟糟的头发，"我保证不会跟任何人说这件事，我保证……"

"没关系。你还是我永远的贵宾,我已经答应你了。"香帅故作轻松地说,"今天来见你是我应该做的,是我应该为她做的,我欠她,欠那段感情太多了。我觉得,我没去找她是自己在逃避,我害怕她恨我,害怕找不到她,更害怕找到她以后她不理我,我怕的太多了。我真的是头猪。"

"不不不,你别这么说。我都恨死我自己了,我要是真有那种魔力就好了。"

"你有一种让人倾诉的魔力,你很安静,第一次见你就想跟你说知心话。再见,我永远的贵宾。"香帅把名片递到她的手里,转身准备拉开门的时候,头一下撞在了墙上,他跟跄了两步,几乎摔倒。

唐媛媛终于尖叫起来。她似乎看到了小树林外失魂落魄的司徒老总,似乎看见了她在刹那间衰老。

"等等。"唐媛媛鼓足勇气叫住了拉开门的香帅,"我不是在做梦吧?"

"不是做梦。我是香帅,我保证。"

"再说一遍。"唐媛媛咬着嘴唇,给自己下了决心。

"我是香帅。"香帅有些焦急,似乎急着逃离出去,寻一个没人的地方放肆地倾泻绝望的痛苦。

"我没有那种魔力,但是我觉得你可以试一下。"唐媛媛用香甜的微笑鼓励他,"你们在一起的时候,一定有个地方让你印象最深刻,去试试吧,也许有用。你们一定会花好月圆。"

"真的?"香帅又一次激动起来,"其实你有那种魔力对不对?你刚才是在考验我?"

"我是说试试看。"唐媛媛惶恐地解释着,"试试也许会有收获,不过什么都不做肯定一无所获。"

唐媛媛的喊声追赶着香帅,但还是被甩开了。他已经冲了出去。

香帅离开后,唐媛媛内疚地哭了。哭累了,她就睡着了。她有一种奇怪的能力,心情沮丧的时候能够迅速入睡,醒来后便会露出香甜的微笑。

唐媛媛哭的时候抱着她的加菲猫。它是一只像她一样可爱的毛绒玩具。唐媛媛有加菲猫,香帅却什么都没有,他哭的时候只能抱紧肩膀。

哪里的印象最深呢?香帅回想着他和俄罗斯姑娘相处的日日夜夜,舞台、酒吧,还是承载了无数欢乐的爱巢?不,统统都不是。他印象最深的是她哭着离开,一遍遍喊他无忌的机场。

去机场的路上,看着车窗外辉煌的灯火,香帅的眼眶逐渐湿润了。六年来,他从来没有这么悲伤,他骂自己笨、自己傻,骂自己丢掉了最不该丢掉的初恋。哭了一阵,他开始懊悔。六年来,他每天如履薄冰,从未在媒体前说过错话,做过错事,但悲伤让他今天干了一件蠢事。其实不只是悲伤,六年来他每天兢兢业业,唯恐说错什么,做错什么,从而影响自己的星途。他为工作付出得太多了，他如今只有工作，没有生活，身边所谓的朋友也不过是互换利益的商业伙伴，他的压力太大了，他不再是曾经那个横冲无忌，爱耍爱闹爱恶作剧的毛头小伙子，不再拥有快乐和舒畅的心情。他没有朋友，更没有恋人，无论是普通人还是同行影星，他都无法相信对方给予他的感情是纯粹的，是完全出于爱的，他相信那是一种变相的利益交换。可是他也是肉体凡身，需要普通人的生活，需要在某个人面前撒娇耍赖口无遮拦。他没有朋友，没有爱人，唯一拥有的快乐的时光是和俄罗斯女孩在一起的日子。他想快乐，需要爱，所以他想找回俄罗斯女孩。他想要快乐，太想要爱了，所以当他得知唐媛媛能帮人找回初恋的瞬间，他彻底丧失了理智。

陌生的唐媛媛值得信任吗？也许明天他将成为娱乐头条，这个笑柄将跟随他终生，会成为无数人的谈资。无数的人会骂他作秀，而唐媛媛则会一夜爆红。这个世界上从来不缺出卖别人隐私，为自己谋利的人。

香帅无从知晓唐媛媛是"毁"人不倦的糖球球，他只知道机场之行已经给他酿成了大祸。香帅直奔唐媛媛住所的时候，忍无可忍的导演拨通了几个记者电话，他说几百人的剧组整装待发，自私的香帅却辜负了几百人的心血，扼杀了几千万人民币的投资，他这么做只是要去见一个胖丫头，去做一件不可思议的蠢事。记者们立即出发了，他们不相信有哪个明星守身如玉，他们不相信有谁从不犯错。香帅给了他们一个机会，他们要爆出惊天秘闻，他们要剥光香帅，要用赤裸裸的香帅撑开世人的眼睛，看看吧，这就是明星，这就是娱乐圈，这就是所谓的好男人！离开唐媛媛住所的时候，香帅已经收到了消息，如果他就此罢手，声泪俱下地告诉记者们，他去看望一个处于弥留之际的粉丝。他愿意赔偿剧组的损失，他可以冒天下之大不韪，但决不能辜负粉丝的期望，尤其在她即将离开这个世界的时候。如果这样，危机便不会成为危机，反而成为他本人，成为正在拍摄影片的噱头，然而他说不管，不管，我要去机场。去机场的路上，他的罪名彻底坐实了，记者们的车子远远跟在他后面，他的任何解释都会换来舆论新一轮的轰炸。好小子，他竟然拒不认错，还狡辩，还欲盖弥彰，他太没有职业道德了，为了和胖丫头约会竟然丢下了工作，他太没有品位了，怎么会喜欢一个胖丫头？他们是什么关系，他们难道有了私生子？

"回去吧。"香帅虚弱地嘱咐司机。他绝望了，什么都不会出现，没有奇迹，没有初恋，没有俄罗斯姑娘，有的只是任性带来的恶果。

香帅说话的时候，车子刚好停在机场出口。他看到一个熟悉的身影拖着笨重的行李箱走出了机场。那不正是俄罗斯姑娘，正是他朝思暮想的白天鹅！

旋转，旋转！香帅抱着他的爱拼命在地上旋转，他要永远和她黏在一起，永远，永远！

俄罗斯姑娘在旋转中哭泣："你是来找我的，对吗？"

"当然，当然了！"香帅在旋转中哭泣，"你是回来找我的，对吗？"

"当然,当然!"俄罗斯姑娘如同翩翩起舞的白天鹅。

有人拍照,有人上前找他签名,有人想索取一个吻。香帅什么都顾不上了,他一手牵着他的爱,一手打着电话。他打电话给助理,打电话给导演,打电话给所有认识的人,他说我要结婚了。他说不管不管不管,老子要结婚!

"冒牌天使"这个公众号得到了众多的关注,香帅也是其中的一个,不过他是一个旁观者,一直犹豫着要不要把自己寻找俄罗斯女孩的请求发布出来,寻找不知所踪的初恋,这是一个实实在在的白日梦。

香帅离开机场后万分激动地发了一条微信,他称赞唐媛媛是善良美丽的女孩,是拥有魔力的天使,她那句"花好月圆"能帮所有人找回初恋。短短的几个小时,微信只有三个好友的唐媛媛迅速走红,短短的几个小时,太多的电话耗光了她手机的电量,短短的几个小时,她从默默无闻的糖球球变成了炙手可热、人人想都结识的初恋天使。

司徒老总找到初恋的瞬间,她怀疑过这件事是否和白日梦公司有关,但很快便否定了,香帅找到初恋的时候没有想到白日梦公司,更没有想到那个微信公众号"冒牌天使"。

05_
器官歧视

唐媛媛总算明白了事情的来龙去脉,明白了自己怎么会突然变成初恋天使。她猛然觉得爱情真的是一剂猛药,爱不仅让发誓戒烟戒酒做个好妻子的司徒老总发出又甜又萌的微信,就连谨慎的香帅也胡言乱语,难道非要给自己的初恋蒙上一层神秘色彩,爱情才会显得神圣而牢不可破?

唐媛媛顾不上那么多了,她知道她的好日子到头了,她没有赚到名人应该赚的钱,却要遭名人遭的罪,这就是天使的待遇吗?

"好啦好啦,可以开始了。"范丽丽兴冲冲地拿起写有数字的纸片。

"你干吗呢?"唐媛媛心里忐忑,她宁愿过着世界上只有三个人关心自己的日子,也不愿出名。

"叫号啊。要有秩序懂不懂?就跟银行似的,一个一个来。"范丽丽的两只眼睛如同闪光的金元宝,"有名就有利,你红了不赶紧捞钱,那不成傻子了?"

"你想害死我呀!"唐媛媛快要急哭了,她不过是个二十岁女孩,从来没处理过这么棘手的问题。

"你没有那个魔力啊?"范丽丽眨眨眼,"没有也没关系,从现在开始我做你的经纪人,你只负责沉默,沉默就是腕儿。腕儿是什么,信仰啊!信仰靠什么落实,行贿啊!你想啊,去庙里求菩萨保佑,哪有空手去的,不重塑金身也得买几炷香。烧了香事就能成吗?不是吧,那得看菩萨心情。你现在就是菩萨,不管给你多少钱,你就沉默,你一沉默,他们就慌了,菩萨是不是觉得我心不诚啊?他还得烧香!咱的钱不就越赚越多吗?"

"我可不想骗人。"唐媛媛下意识抱住了肩膀。

"一个愿打一个愿挨,怎么就骗人了?"范丽丽义正词严。

"好了。"司徒老总打断了范丽丽,"球球,我跟你商量个事儿。"

司徒老总找到初恋眼镜男,算是完成了最大的心愿,但她的人生还不够完美,工作还是老状态。眼镜男家道中落,现在是个普通的教师,经济状况比她还差。她想成为世界一流的时装设计师,还得靠她自己。司徒老总说,有一个人想让唐媛媛帮他找回初恋,不管能不能成功,他都愿意出资帮司徒老总做一场时装秀。

"时装秀的名字我都想好了,就叫初恋的味道,时装就用我以前设计的,那些时装有一种薰衣草的味儿。"司徒老总拍着为难的唐媛媛说,"丽丽说的也不是没有道理,我不让你骗人,你就沉默,拖着他,等他把时装秀办完就好办了。我的秀一定会非常成功,到时候我就可以报答他,咱就不欠他什么了。"

司徒老总在"冒牌天使"提交自己的白日梦的时候,在回报一栏中填写的是举办一场以初恋为主题的时装秀,虽然她不认为找到眼镜男和这个举动有关系,但她还是这么做了,毕竟初恋是她的真爱。

唐媛媛更加为难了:"我相信你的能力,秀一定会成功,时装一定会大卖,要是中间有什么事耽误了呢?要是时装没卖出去,我怎么应付这个人?"

"沉默!"司徒老总和范丽丽异口同声。

唐媛媛没说话,她想睡觉,似乎只有睡觉是解决一切难题的法宝。

"还有个事儿,你不是说想介绍朋友到咱们公司吗?我同意了。"司徒老总拉着唐媛媛的手说,"为了报答你帮我找回初恋,明天让你朋友来上班,他什么都不用干,我给他开工资。"

唐媛媛连忙说:"不是让你养着他,他又不是小白脸。你得让他当模特,只要你让他上台当模特,不给工资都行。"

"放心吧,我的天使小妹妹。从现在开始他就是我的王牌男模,只要'初恋的味道'成功了,你还愁他不红吗?到时候我还得求他跟我签约呢。"

范丽丽托着下巴说:"球球,你还有别的朋友?我怎么不知道。你这个胖妞的朋友,是摔跤的还是相扑运动员?"

门外忽然喧闹起来,几个扭打在一起的人撞开了门,闯进了会议室。

"我报警了啊!"范丽丽拍案而起。

穿着银色高跟鞋的中年女性一改贤淑高雅,嘶哑地咆哮着:"他们是记者!我们的隐私全没了!"

"你的隐私有什么价值啊?多虑了吧。"帆布鞋说,"我首先是唐小姐的忠实粉丝,希望唐小姐帮我找回初恋,采访是顺便的事儿。"

"采访要亮证件,要征求别人同意。我们公司又不是黑窝点,犯得着你暗访吗?"司徒老总朝范丽丽比画了一下,"把他那些录音笔、偷拍设备之类的都给我下了。"

范丽丽把高跟鞋抓在手里,一副饿虎扑食的狰狞表情,帆布鞋转身就跑。

银色高跟鞋揪住初中女生:"还有她,她也是记者。"

"你到底多大?没看出你有鹤发童颜的潜质啊,怎么当记者了?"范丽丽还对初中女生的如隔三秋耿耿于怀。

"你们模特能做兼职,我就不能了?"初中女生不以为然地瞥了范丽丽一眼,"唐小姐,你不想说初恋天使的事,那就说说香帅吧。你和香帅在一起待了三个小时,你还帮了他这么大的忙,你不会什么都没做吧?你没那么傻吧?"

"滚滚滚!"唐媛媛终于发火了。

这一刻她似乎体会到了香帅的困境,人红是非多,她刚出了一点小名,就引来了各路靠谱不靠谱的神仙,香帅整日游走在世间百态之中，必然要承受巨大到常人无法想象的压力，即便他内心强大，也会在某个时刻瞬间崩溃。

初中女生和其他人统统被帅老头的保镖赶了出去。这些保镖穿戴相对低调，但一身的肌肉疙瘩，再配上犀利的目光，一看都是练过功夫的人。

司徒老总把帅老头介绍给唐媛媛，这个叫高克的中年男人就是要给她做时装秀，想请唐媛媛帮他找回初恋的人。唐媛媛顺从地保持沉默，其实她除了沉默也没别的选择，难道让她趴在会议室睡上一觉，再露出一个香甜的微笑。

帅老头高克说："我的初恋今年二十六岁。"

范丽丽的好奇心又蠢蠢欲动了："高总少年老成啊。"

帅老头高克说："不是长的老，我是真的老了。我今年五十六。她二十六，是我的商业合作伙伴的女儿。我的商业伙伴投资失败，跳楼了，那个时候她十六岁，我从那时候开始照顾她，我也是从那个时候开始喜欢她的，可是她不同意。现在她结婚了，刚生了孩子，我想请你帮忙圆我一个梦。"

唐媛媛和范丽丽对视了一眼，她们都在想"真是心坚志刚的好姑娘""真是小三从娃娃抓起"。

帅老头高克对唐媛媛说："我是做投资的，无论是商品还是人，我首先要证实的是他是否有投资价值。对于你，司徒女士和香帅的事情已经证明了你的能力，所以我决定收购你。"

"你不是要找初恋吗？"唐媛媛疑惑了。

"找初恋是第一步,第二步是投资。帮我找回初恋,我会支付让你满意的价格。至于收购我们可以谈。我的想法是这样,基础周薪是十万人民币,你每帮别人找回一个初恋,我给你50%的分成,其他的福利有很多,我在全国各大城市,包括海外都有房产投资,你选三个地方,我送你三套别墅,珠宝我也有投资,任何价位、任何款式的珠宝你都可以终生免费使用,不过损坏或者丢失要赔偿。大概就是这样,唐小姐考虑一下,我们先做时装秀,这场秀算是感谢司徒女士的引荐之情。我有事儿先走了,再会。"

帅老头高克说完就走了,留下了目瞪口呆的三个女人。

"这个大鼻子是干吗的呀?口气这么大。"范丽丽用力咽下口水,仿佛帅老头是新出锅的油炸臭豆腐,太可口太美味了。

"以前认识的,就知道他是个隐形富翁。"司徒老总看着唐媛媛,帅老头出的价格谁能拒绝呢。

唐媛媛却拒绝了:"我是初恋天使,又不是劈腿大师。现在他让我破坏别人的家庭,以后不知道让我干什么缺德事呢。"

范丽丽哼了一声:"他收购你?那我怎么办,我要做你的经纪人,摆明了跟我抢生意。球球,我跟你说啊,他一看就不是什么好鸟。鼻子大的男人那个就大,那个大欲望就大,欲望大还能是好鸟?都五十六了,毛都白了,还想泡妞呢。"

司徒老总笑了:"大象的鼻子还大呢,你这是器官歧视。球球,你要是再瘦点,减掉个百八十斤,再长二十厘米,我肯定能把你捧成名模。不过没关系,明天把你朋友带过来,你不说他条件很好嘛,我捧他。好了,咱们先商量一下时装秀。"

唐媛媛揉着太阳穴说:"我好困,想睡觉。"

唐媛媛的心里已经萌生了逃跑的念头,但她无法选择,因为是"初恋天使"这个名头选择了她,不是她选择了初恋天使,她必须要继续下去。

唐媛媛无法想象,她在公司遇到的困境只是小小的序幕,"初恋天使"所带给她的麻烦才刚刚开始。

06_
球形世界和强食世界

唐媛媛的世界全乱了。

今早出门前,唐媛媛以为只有被微信耗尽电量的手机乱了,出门后她以为只是手机和妩媚的保洁姐姐乱了。上了公交,她意识到出行线路也乱了,到了公司,她发现工作完全乱了,司徒老总和公司的模特们也跟着乱了。堵在公司、想找回初恋的各路神仙散去后,唐媛媛花了三个小时才冷静下来。下班前她侥幸地以为混乱已经结束,她可以一如往常地回家,一如往常地用酣睡治疗内心的烦躁,可是她错了。因为她的世界彻底乱了。

范丽丽是个有经验的吃货,但凡她知道哪里有美食,即便千山万水,山上挂满了锋利的刀子,水面燃烧着熊熊大火,她也要在第一时间赶过去。她是个阅男无数的女神,无论她走到哪里,无论看到她的男人结婚与否,都会与她搭讪,寻求暧昧的可能。她告诉唐媛媛,食欲和性欲是一样的,占有欲和食欲、性欲是一样的,每个人都想占有初恋。唐媛媛如今被称为了"初恋天使",在欲望和占有欲的驱使下，会有无数的人向她发起进攻。为此，范丽丽不顾唐媛媛的反对，坚决要护送她回家。

"我就是个肉球球，谁还能跟我耍流氓，不会觉得油腻吗？"唐媛媛觉得范丽丽小题大做。

"你现在不是肉球球，是铁球球，所有人都变成了磁石，都想把你吸过去。要是有个外星人或者霍比特人之类的请你找初恋，你不要太惊讶噢。"范丽丽高举着插着吸管的空咖啡杯。

范丽丽带着唐媛媛离开公司后，到不远处的油炸臭豆腐摊位买了一份臭豆腐，大饱口福后她一边嚼着大蒜，一边往空咖啡杯里加满了辣椒油、蒜汁和芥末油。她挎着唐媛媛朝前走了几步，瞬间又跑回去，朝杯子里加了酱油、醋、白糖和味精。

"加加加，随便加。我还是第一次见着明星呢。我这儿还有孜然要不要？"卖油炸臭豆腐的小丫头抓起手机，对着镜头纠正自己的微笑。

"你干吗？吃料理啊。"唐媛媛忐忑地看着范丽丽手里的咖啡杯，它被握在范丽丽手里的时候变成了一颗炸弹，不知道哪个倒霉的家伙会被炸成酸甜苦辣咸的猪头。

"这个比防狼喷雾管用。战斗吧，球球！"

看着兴冲冲、大步流星的范丽丽，唐媛媛忽然意识到，范丽丽哪里是要保护她，分明是要去血洗一条街。

她们在公交站站了不到五分钟，在等车的人群迅速分成了两拨，一拨人指指点点，窃窃私语，以玩手机的姿态掩护自己进行偷拍。另外一拨只有两个人,唐媛媛和范丽丽。唐媛媛四处张望,似乎想找个时光之门钻进去,避开这些赤裸裸的目光和细碎的耳语。

"打车走吧。"唐媛媛躲在范丽丽身边,可是她太圆了,苗条的范丽丽根本遮不住她。

"干吗打车呀?让我也享受一下明星待遇。"范丽丽说完,竟然朝人群挥挥手,仿佛她此刻正走在好莱坞的星光大道上,朝着远处欢呼尖叫的影迷打招呼。

"你是上帝派来弄死我的吧?"唐媛媛咬牙切齿。

唐媛媛生不如死地被围观了十分钟后,公交车终于来了。除了一对耄耋之年的老夫妻,围观人群竟然集体让路。唐媛媛窘迫得满脸通红,她不是伤残人士,不是孕妇,凭什么享受这种待遇。范丽丽伸手把她推上了公交,还摆出一副当仁不让、理所应当的派头。

"都干吗呢,上不上车?那个,小……"公交司机嚷了两句,看到上车的唐媛媛的时候硬生生把"胖妞"两个字吞进了肚子里,"那个姑娘,上车吧。"

唐媛媛还没说完,公交司机迅速拿出两枚硬币投进了投币箱:"小姑娘长得真可爱,就冲你这么可爱,我请客。"

"你就请天使坐公交啊?"范丽丽紧随其后,"我是天使的经纪人。"

"请!我都请了!"投币箱里又传出了两声脆响。

在公交车上,不管对方是否有兴趣,范丽丽向所有人逐一解释她是唐媛媛的经纪人,下了公交,只要有人注视唐媛媛,她便立即以经纪人的口吻和对方沟通。

"我是初恋天使的经纪人,想签名得跟我打招呼。

"哎哎,想合影就说呀,干吗偷偷摸摸的。我是天使的经纪人,今天天使心情好,免费和你拍张合影。

"别贼头贼脑的。是不是想让初恋天使帮你找初恋?可以啊,我给你留个电话,我是她经纪人,跟我谈吧。"

唐媛媛忽然有一种上了贼船的感觉,她本想避开麻烦,打着护驾旗号的范丽丽却到处给她招惹麻烦。幸亏路不算远,到了居住的小区门前,唐媛媛顺理成章地请范丽丽打道回府。

"刚当了天使就耍大牌?也不请我去你的小窝坐坐。"范丽丽的脸上写满了怨与恨,"算了算了,不跟你计较了。球球,有件事儿我得跟你说清楚了。利用一下大鼻子可以,你可不能真让他当你的经纪人。咱们是闺密,有好事儿,你不能落下我。"

"我倒是不想落下你,可我不是什么天使!"唐媛媛没想到在自己最艰难的时候,范丽丽不是帮她排忧解难,而是加入了压迫她的行列。

"你可真轴,怎么还说这个呀。我跟你说,大鼻子有钱,咱们可以先靠他把名气打出去,等到你真的红得发紫了,咱就不用理他了。你想啊,你跟着他,他要分走你百分之五十的利润,我给你当经纪人,只要百分之十。这是从经济角度计算的,咱们再从其他角度,我是你闺密,你不否认吧?你敢否认,看我不打死你!你我是闺密,你信得过我,我还是女的,可以随时保护你,跟你说啊,以后你去厕所我都跟着,这才叫贴身保镖。"

"好好好,我知道了。"唐媛媛只好暂时答应。她太了解范丽丽了,如果她不答应,范丽丽会和她纠缠到地老天荒。

唐媛媛初到这个城市,所以她没有朋友,她的平凡和自诩高贵的模特格格不入,所以她没有朋友,但她总会有朋友的,因为她是人见人爱的唐球球。范丽丽一直没有朋友,因为她永远是掠夺性的动物。唐媛媛的世界是球形的世界。她不仅身材圆润,更有一副宽容厚道的心肠,烦恼和忧愁难免会和她碰撞,但只是暂时的擦肩而过。范丽丽的世界是强食的世界,在她的世界里人永远都是弱肉强食的原始状态,只有得到与失去,遗憾的是,失去时她会烦躁恼怒,得到时也体会不到快乐。

范丽丽的人生标准就是做女人。做女人就是要做最完美的女人。懂美食、会打扮、善解人意都是必不可缺的。做女人,化妆、美容、整形都是必不可少的,不过她要做最好的整形,否则和男人上了床,胸不能碰,臀不能摸,不仅扫了对方的"性趣",也让她的魅力大打折扣。她的眼睛、鼻子、嘴唇、耳朵都做过整形,她还做过祛斑、除皱、美齿、美胸、吸脂手术,她对热玛吉、音波拉提、玻尿酸之类的再熟悉不过了。但她不是"钓龟族",她不会刻意去追求男人,她是愿者上钩的美人鱼,她只需要做好完美女人,优质的男人和完美的人生便会不期而遇了。愿者上钩是个长远计划,也许很快,也许需要很长的时间。完美的女人不仅要有靓丽的外形,如果再有优秀的事业作为陪衬,她的身边将汇集更加优质的男人。范丽丽的人生虽然充满了失败,但她的最终目的是得到,她不会放过"初恋天使"这么好的机会,她要得到,无论谁跟她抢,她都不会善罢甘休。

"球球,我觉得你是有那种能力,你忘了,咱们吃过的那两个'篮球'?"范丽丽说完立即否定了自己,"估计不是,我也吃了。你吃黑的,我吃红的,我今天试了好几次,让我初恋回来吧,根本不灵。不说了,我走了。"

"我觉得和'篮球'也没什么关系。"唐媛媛说话的时候范丽丽已经走远了。

范丽丽的手机响了:"喂,牛总,我不想去,泰国菜有什么好吃的,整天'萨瓦迪卡',还有啊,那家泰国菜号称都是从泰国招来的厨师,你说会不会是人妖?人妖做的菜怎么吃啊……"

走进住宅小区的唐媛媛又遭遇了埋伏在路上的各种奇葩,以及各种"偶遇"各种"邂逅"。好不容易回到家里,好不容易摆脱了人海追踪,好不容易摆脱了楼下妩媚的保洁姐姐,一道白光却从窗前闪过,一个青年男子高举牌子,像吊尸一般在窗前晃动,牌子上写着:初恋最美,天使万岁,请天使帮我找回初恋!唐媛媛惊叫着逃出房间的时候连房门都忘了锁。

站在小区里唐媛媛才缓过神,青年男子应该是清洗高层住宅玻璃的"蜘蛛侠"。

07_
伍小海

　　唐媛媛跑了起来，她跑出住宅小区，跑出喧嚣的都市，奔跑在散发着泥土清香的田野。她甩掉了跟踪的记者，甩掉了假崇拜真求助的善男信女，似乎也甩掉了无数的烦恼。

　　今天之前，唐媛媛的手机和微信联系人只有三个，一个是范丽丽，一个是司徒老总，另外一个就是她准备介绍到模特公司的伍小海。现在伍小海就坐在她的身边。

　　唐媛媛叹口气，她没有说"怎么办"，这句话是伍小海的专利，他可以说，她永远不能说。

　　"我们逃吧？就像以前一样。"伍小海出了一个主意。

　　唐媛媛摇摇头。他们曾经逃过，但他们不能再逃了，因为现实已经证明，阳光普照的世界是一样的。

　　"让你咬一口吧。"伍小海把胳膊送到唐媛媛面前。

　　"知道香帅吗？"唐媛媛不想让坏情绪继续。

　　夜色降临，夜风轻拂。唐媛媛和伍小海静静地坐在公园的长椅上。唐媛媛给他讲司徒老总的大月亮、小夜色和薰衣草味道，给他讲香帅的白天鹅。他们肆无忌惮地笑着，如同肆无忌惮生长的两个孩子。

唐媛媛以往一定要让当作闹钟的手机不耐烦地嚷嚷几次才会懒洋洋地爬起来，今天，天还没亮她就醒了。手机彻底失业了，铺天盖地的电话、短信和社交媒体的私信扰得她心神不宁。整晚她一直在做梦，做大同小异的梦——唐媛媛走在雾霾笼罩的街头，忽然间蓝莹莹的、巨大的光柱从天而降，落在她的身上。她惊恐地奔跑，但光柱如影随形。海啸般的噪音席卷而来，人潮从四面汇聚而来，将她困在中央，人群发出振聋发聩的呐喊：还我初恋！唐媛媛在痛哭中惊醒，半个小时后才忐忑入睡，然而噩梦却变本加厉——蓝莹莹的光柱逐渐强烈，刺得她睁不开眼，散发出的热量似乎要撕裂她的皮肤。躁动的人越聚越多，人海骤变成人墙，那是一颗颗人头垒砌的墙壁。墙壁疯狂生长，变成一口扯地连天的深井，将她牢牢困住。

唐媛媛整夜就是这样度过，被噩梦吓醒，再做噩梦，再被吓醒。她干脆披着被子，坐在窗前等待日出。当温暖的晨曦如花瓣一般洒进窗口，绸缎一般铺在她的身上，她又做起了那个白日梦——晨曦温暖的清晨，她赖在粉色的大床上，一个磁性的声音缓缓传来。她依照声音的指示，微笑着闭上了眼睛，接着她嗅到了煎蛋和牛奶的香甜。她不愿睁开眼，撒着娇说，我还没刷牙，但磁性的声音调皮而固执，坚持要她先吃一口，忽然一声清脆的"喵"传来，肥胖的美国短尾猫从被子里钻出来，钻进她的怀里，露出半个小脑袋嗅着牛奶的香味……

唐媛媛缓过神，没有美国短尾猫，没有"喵"的一声和牛奶，打断白日梦的声音来自楼下的"汪汪汪"。

"汪汪汪"是久居小区的一只流浪狗，没人知道它的名字，据说它以前的主人住在这里，搬家的时候遗弃了它。它痴痴傻傻地等着主人，一等就是三年。唐媛媛拿着一截火腿下楼的时候，它正坐在地上舔着身上的伤口。它没有理会火腿，反而哀鸣着围着唐媛媛绕了几圈，似乎在倾诉那个无故伤害它的拾荒人。唐媛媛的眼泪一下就流了下来，她似乎看到了无依无靠、求助无门的自己。

"从现在开始你就有家了，我当你的姐姐，我照顾你。我叫你'汪汪汪'好不好？"

唐媛媛紧抱着"汪汪汪"，它兴奋地叫了三声，把前爪递给了她。

"好的。那就一言为定喽。"唐媛媛笑着握住了"汪汪汪"的脏爪子。

唐媛媛刚给"汪汪汪"洗完澡，伍小海来了，他抱来了一只胖乎乎的幼猫。

"你不是喜欢猫吗？你不是要养一只肥猫吗？"

伍小海瞪着"汪汪汪"，他昨晚回去后便上网寻找卖猫的人，唐媛媛披着被子做白如梦的时候他已经赶到卖猫人的家里。唐媛媛跟他讲过她的白日梦，讲过满屋子的毛绒玩具，讲过可爱的肥猫和温馨的家。伍小海每周送唐媛媛一只毛绒玩具,这次唐媛媛遇到困境,他便拿出了全部积蓄,购买了一只美国短尾猫。

"呀,好可爱的小猫猫!"唐媛媛接过出生不到两个月的短尾猫,把嘴巴探入软绵绵的毛里亲了一口。

"汪汪汪"似乎察觉到了伍小海的敌意,它摇着尾巴叼了一只拖鞋,放在了伍小海脚下。

"汪汪汪真乖,真棒!"唐媛媛惊讶之余对伍小海说,"汪汪汪是流浪狗,多可怜,我就收养了。"

"你叫汪汪汪?你怎么这么聪明?"伍小海的心也软了,"那就都养着,在一起还是个伴。"

"对呀,它叫喵喵喵好了!"

"汪汪汪"把另外一只拖鞋叼给伍小海,便怯生生地躲到了一旁。"喵喵喵"活泼而生猛,它跌跌撞撞地朝"汪汪汪"冲过去,"汪汪汪"到处躲藏的同时求助般盯着唐媛媛。

唐媛媛的心又软了软。聪明的"汪汪汪"像是被遗弃久了,在苦难中学会了谨慎与世故,唯恐惹恼了新主人,再次陷入无家可归的境地。

"不行,你帮我养着喵喵喵。"唐媛媛迅速下了一个决定。"喵喵喵"太活泼了,它追不上"汪汪汪",便在沙发上练起了"梅花白骨爪",那可是房主的沙发,嗷嗷贵的!

"汪汪汪"留下了。唐媛媛看它慢条斯理的吃相,断定它将来一定是苗条的狗狗。她喜欢肥猫,也喜欢瘦狗狗,似乎狗狗只有瘦一点才显得矫健英俊。

"汪汪汪"和"喵喵喵"给唐媛媛的生活增添了许多欢笑和活力,她的白日梦似乎开始实现了,然而"初恋天使"依旧像疯狂生长的藤蔓,紧紧束缚着她,吞噬着她。

"怎么办?怎么办!"唐媛媛的心里有个焦躁的声音不停咆哮,不过她看来依旧笑得香甜,笑得如沐春风,笑得没心没肺。

去公司的路上,唐媛媛脸上戴着口罩,头上扣着鸭舌帽,做贼似的走在路上。她的身边跟着伍小海。伍小海始终垂着头一言不发,若是再噘起嘴唇,活像一个七八岁、正在赌气的小男孩。

"紧张吗?没事的,有我呢。"唐媛媛主动挎住了伍小海的胳膊。

伍小海摇摇头,冷峻的脸孔闪过一丝窃喜。他曾多次把唐媛媛的手臂塞进自己的臂弯,这样外人看起来像是唐媛媛挎着他,可她每次都成功脱逃。唐媛媛还是有把子力气的。

没有人比唐媛媛更了解他的性格,他不是冷若冰霜,也不是故作高冷,只是觉得生活百无聊赖,毫无乐趣。很多时候,他越是摆出这种姿态,越是因为内心生出了恐惧。他不愿外出,不愿接触任何人,不愿和任何人做任何事。不过在唐媛媛面前,他偶尔会像话痨一样说个没完,他会突然在不该停止的地方停止了,之后对等待下文的唐媛媛说:"怎么,我说错了?"

"我第一天上班的时候也有点紧张。不过没关系,公司的人都很好,老总也很好。"

"我不想当模特了。"伍小海停下脚步,他的手臂夹紧了唐媛媛的手,似乎担心她会因为这句话勃然大怒、拂袖离开。

"我想!"唐媛媛在说出这句话的时候眼睛确实冒火了,但她很快明白了伍小海的用意。伍小海不是不想外出,不是不想和陌生人接触,他是希望唐媛媛不要外出,不要和那些想要找回初恋的人打交道,他不愿意看她脸上戴着口罩,头上扣着鸭舌帽,做贼似的走在路上。

"我知道我说了也白说。"伍小海不情愿地跟着唐媛媛继续朝前走。

"老总对我真的不错,我们要懂得感恩。"

"我将来一定会报答你。"伍小海挺直了腰板。

"还报答,找打吧你!"唐媛媛把想自己的手从伍小海的臂弯里抽出来,"你好好的就行了。"

伍小海紧紧夹住她的手,这次他竟然成功了。

伍小海在外人眼中是个名副其实的小鲜肉,他高大英俊,不苟言笑。有时还会露出羞涩的表情。只有唐媛媛知道,伍小海曾经是一个"选择性缄默失调症"患者。唐媛媛知道这件事是在大学的最后一个学期。在大学,唐媛媛就是乐于助人的、人见人爱的小胖妞,不过那个时候她不会"毁"人不倦。她是学生会干部,虽然不擅长唱歌跳舞,但每次晚会,她都会策划得井井有条。她是女同学的知心好闺密,是男同学的知心小姐姐。伍小海也是她的同学,第一个学期的时候,她和其他人一样,觉得伍小海只是性格内向,不爱说话。唐媛媛自幼父母双亡，她依靠着乡亲们的救济才长大了，大学的学费和生活费是靠她自己做兼职赚来的。在一次做家教的时候，唐媛媛意外地遇到了伍小海，她这才得知他也是靠做兼职赚学费。通过接触，两人逐渐熟悉，唐媛媛也成为伍小海唯一的朋友。伍小海告诉她，他是个弃婴，被多次收留，又被多次抛弃，所以他变得沉默寡言，更是患上了"选择性缄默失调症"。从那个时候开始，唐媛媛决定帮助伍小海，她看了很多相关的书籍，咨询过很多心理医生，伍小海的病情逐渐有了好转。毕业后，唐媛媛毅然选择了和伍小海在同一个城市工作，伍小海的性格可以吸引很多女性的青睐，却惹恼了很多同性。他们不得不逃离了那里，来到了新的城市，一切重新开始。

　　初恋是青涩的果子，是梦幻的彩虹，是甜滋滋的眩晕；初恋是喜怒无常，是哭笑不得，是毒药般的梦魇。无论怎样，初恋是唯一。唐媛媛和伍小海在大学都没有谈过恋爱，他们像是初恋情人，但更像是好朋友。

08_
失恋季

如果能够拥有某种魔力,唐媛媛希望她能让时光倒转,回到她做小助理,整天给人端茶倒水按摩捏脚的日子,回到没人认识、自由自在的胖妞生活。她真想像孙猴子一样,变出无数张嘴巴,在每个人耳边大声说,我不是什么天使,那都是巧合!可惜她不是孙猴子,她越是辩白,别人便越是坚信她是初恋天使。她当然不想出门,不想面对那些寻找初恋的人,她最不想答应司徒老总去敷衍帅老头高克,然而她不得不这么做。她是善良的姑娘,即便阴错阳差地帮司徒老总找回了初恋,她还是觉得亏欠她太多,司徒老总给了她工作,如果没有司徒老总,她也许会浪迹街头,像拾荒人一样跟"汪汪汪"这样的流浪狗抢垃圾。司徒老总还给了伍小海一个机会,让他加入公司。然而,这一切都不重要。她有了"汪汪汪"和"喵喵喵",她的美好生活已经开始了。伍小海的美好生活也开始了,正如司徒老总时来运转,正向世界级的时装设计师这个梦想进发。唐媛媛相信,高一米八五,英俊潇洒的伍小海一定会成为世界级的名模。

唐媛媛刚进公司就被范丽丽捉住，带进了会议室。

"是不是好姐妹，是不是好闺密，是不是，是不是？"范丽丽笑里藏刀地看着唐媛媛。

"我请你吃臭豆腐！"唐媛媛知道她正在编织陷阱，立即缴械投降。

"我问你是不是？"

"连请三天！"

"既然你说咱们是好姐妹、好闺密，是不是应该两肋插刀？"范丽丽自问自答之后笑容没了，只剩下闪闪的刀光，"臭豆腐就能代替两肋插刀的事儿？"

"多大的刀？我脂肪厚，不怕，来吧。"

范丽丽气馁了："球球，我不要失恋季，不要灰太狼周末！救我！"

范丽丽阅男无数，她十四开始谈恋爱，奇怪的是，每到夏天她都会和男友分手。每到夏天的时候她都会忧心忡忡地照镜子，难道夏天成为她的"失恋季"？为了打破"失恋季"，她频繁地和男生交往，很快她成功打破了"失恋季"，却迎来了"灰太狼周末"，她的男友们必定会在交往半个月后的周末提出分手。她永远都像被打飞的灰太狼，嘴里不甘心地嚷嚷着"我还会回来的"。范丽丽经常在周末翻看皇历，怎么会在周末分手，不是应该去开房吗？

昨晚范丽丽想了一夜，她可以做一个完美的女人，可是配得上她的男人在哪里？她品阅了数不清的男人，他们总会有这样那样的缺点，她当然可以忍受那些无伤大雅的缺点，但每次约会，她都会在面对男方的时候这样劝自己，一回到家里她就会愤然拉黑对方，她想的是老娘为了做一个完美的女人付出了这么多，凭什么要忍受你的缺点！可她还是要去约会，毕竟她心目中的好男人必须有钱，必须保证她过上优雅富裕的生活。唐媛媛被称为"初恋天使"以后，她看到了自己可以赚大钱的机会，如果她有了钱，她没必要再让自己受委屈，承受男人们的缺点。她以前是被动地等待"挑选"，现在她可以去"挑选"，甚至是可以去培养一个完美的好男人。好女人配好男人才是天作之合！

范丽丽又开始相信爱情了，畅想着爱情的降临。她思来想去，真正能走进她的心里，让她感到温暖和爱的男人只有一个，那就是她的初恋。

"我有初恋，我在幼儿园就有初恋了！"范丽丽哀求着，"好闺密，好姐妹，么么哒天使，求你帮帮我！"

"又提前了？不是十四岁吗？"

"十四可以亲嘴了。上幼儿园的时候能干什么。什么都干不了的才叫初恋。"

范丽丽声情并茂地讲述了她的初恋。她上幼儿园的时候就有很多追求者，不过年龄小，泡妞技术粗糙的男孩子们喜欢她的方式是用恶作剧吸引她的注意，譬如揪她的头发，譬如把蚂蚱大卸八块放在她的文具盒里，最让她无法忍受的是，他们竟然抢她的零食。她的初恋穿着小西服，带着小领结，像是小绅士，从来不多说话，每天都安安静静地坐在她的身旁，范丽丽觉得，他就是她安静优雅的保护神。范丽丽和保护神相处了几个月后决定主动进攻，她把家里人给她的玩具和零食分成两份，一份留给自己，一份准备送给他。然而，她的追求尚未开始，保护神就走了，她问了幼儿园的老师，老师似乎不愿解释他为什么走，去了哪里，只说他不会再来了。范丽丽想大哭一场，以此祭奠早逝的初恋，但她却把幼儿园的小男孩挨个暴打了一遍，似乎是他们赶走了她的保护神。长大后，尤其是十四岁以后，她常会想起保护神，"失恋季"成为"灰太狼周末"的时候，她愈发想念保护神了。

范丽丽曾做过各种不同的白日梦，她曾想象过多金巨帅的男人跪倒在她的超短裙下，想象过骑士般的男人对她展开浪漫的追求，但她想象最多的是在某个瞬间遇到保护神。也许他们在奢华的购物中心相遇，她正在为购买奢侈的化妆品而踌躇，这时保护神出现了，他为她埋单，在自我介绍后送上了自己的名片，她接过名片时发现名片上竟然放着一枚璀璨的钻戒。他同样苦苦寻找了她很多年，他早就备好了钻戒，只盼着在遇到她的那一秒向她求婚。她想象过在某个豪华的酒会上相遇，参加酒会的模特都有富豪傍身，即便她是酒会上最抢眼的美人，但顾影自怜的她还是有些落寞。这时保护神认出了她。他们只聊了几句，他便跃上酒桌，大声宣布，他在华尔街打拼多年，可谓顺风顺水，他唯一遗憾的是缺少一个知心伴侣。他现在找到了她，她就是范丽丽。他宣布将酒会改为他们的订婚宴，在模特们嫉恨的目光中她接受了他的痴情。范丽丽经过昨晚的不眠思量，她决定只要找到保护神，无论是富豪还是草根，她都愿意和他共度一生。她暗暗发誓，如果能找到保护神，她一定忠贞不贰，一定做他安静优雅的女神。

"你那叫暗恋。再说了，我又不是暗恋天使。"唐媛媛想走，她不想让伍小海在外面等得太久。

"暗恋也是初恋。那不就是你一句话的事？"范丽丽万分急切，泪花在眼眶隐隐绽放。

"那不都是巧合嘛，你又不是不知道。要是能帮你，我能不管嘛。"

"那我现在就做你的经纪人，赚来的钱咱们买个海景别墅，一半的房间装加了辣椒面的油炸臭豆腐，另一半的房间装没加辣椒面的。"范丽丽的苦肉计失败后，耍起了无赖。

唐媛媛翻着白眼说："好吧好吧，你说你为什么喜欢他？"

"他给我油炸臭豆腐吃啊。"范丽丽一改往日的飒爽英姿，脸上添了几分羞涩，"我就是从那个时候开始喜欢吃臭豆腐的。"

唐媛媛明白了。当幼儿园所有的男孩子用捉弄的方式吸引范丽丽的时候，保护神却给了她"美味佳肴"。对于自幼便是吃货的范丽丽来讲，美味便意味着安全感。

"我范丽丽是谁，我是个蒸不烂、煮不熟、捶不扁、炒不爆、吃不胖，响当当一粒铜豌豆！我什么时候求过人。球球，你照顾下我的情绪好不好？"

"还蒸不烂煮不熟,你夹生啊。"

"重点是吃不胖,就是吃不胖。"

"好啊,你还气我!"

"你随便说一句话就好,不管灵不灵,我以后再也不提这事了。"范丽丽见硬的不行,改了苦肉计。她像是要哭了。

"我随便说,不灵可别怪我。"

"一言为定!"范丽丽的眼窝里闪动着泪光和感激,"我觉得你就是有魔力,随便一句话就能帮人找回初恋。那个,你别乱说啊,说个浪漫点的,比如转角遇到爱之类的。"

"好吧,滚出房间遇到爱!"唐媛媛说完就冲了出去。

"这也太不现实了吧!"范丽丽差点趴在地上,"会议室外面都是女模特,我让你帮我找初恋,谁让你改变我的性取向了!"

唐媛媛冲出会议室以后,心里产生了一种逃出生天的解脱感,但愧疚感也随之而来。她帮不了范丽丽,她知道,范丽丽也知道。未来对于范丽丽是那么的遥远,充满了不可控性,充满了自己都无法想象的危机,也许她只是希望唐媛媛给她一个坚持下去的理由。这个理由可以大而空,但实现的时间一定要够长,这样范丽丽才能在相当长的一段时间里保持乐观。她应该一直是那个无所顾忌、无所畏惧的刺玫瑰。想到这些,唐媛媛觉得自己太草率了,范丽丽可以用嬉闹的方式掩盖她的急切,自己不应该对她的未来这么儿戏。

唐媛媛在会议室答应司徒老总以"初恋天使"的身份敷衍帅老头高克,在会议室给了范丽丽一个敷衍的梦想。她忽然觉得会议室是个阴谋与敷衍的诞生地。

找到公司、试图向唐媛媛求助的人比起昨天有增无减,不过帅老头高克派人把他们统统拦在了门外。即便这样,公司里还是人满为患,如同集体禁言的菜市场。一直在公司等演出的小模特,走红后失联的模特,以及司徒老总在孤独的时候,打电话过去,永远在外地的模特统统来到了公司。一方面她们了解到司徒老总得到了帅老头高克这个隐形富翁的资助,即将进行一场声势浩大的时装秀,另一方面公司有了唐媛媛这棵摇钱树,自然不愁没有商演。

"唐小姐,你好。"

"你就是唐小姐吧,你今天真漂亮。"

"天使妹妹,我给你带了一套化妆品,你试试?"

唐媛媛忽然发现自己变成了花仙子,她经过地方,模特们纷纷起身,寒暄阿谀,从一张张明亮的小脸蛋上硬挤出灰蒙蒙,如同塑料花一般虚假的微笑。

听到喧哗的司徒老总走出办公室,朝唐媛媛招手。唐媛媛看见了她身后,坐在办公室里的帅老头高克。帅老头高克用沉默的方式询问唐媛媛考虑的结果,他期待和她的商业合作尽早开始。司徒老总似乎和帅老头高克交谈甚欢,她带着交谈后遗留的欢畅问唐媛媛,你朋友呢?公司不就是你家嘛,别让人家在外面等着,带进来,带进来!

唐媛媛把伍小海带进公司的时候,模特们的眼睛像是被施了魔法,一动不动一眨不眨地停在他的身上。她们的眼睛分明在说，这小鲜肉，够高、够冷、够鲜、够帅！伍小海确实够高，够冷，够高冷。他似乎习惯了被饿女腐女色女盯着看，于是一如既往地保持高冷。

范丽丽恰好垂头丧气地走出了会议室，她忐忑地环顾四周，唯恐哪个对同性有兴趣的女模向她展开怀抱。当她看到伍小海的瞬间，她脸上被愚弄戏耍的表情瞬间转换成了惊喜。

"伍小海！真的是你！你是妖怪啊，怎么一点都没变样！"范丽丽飞奔过去，抱住伍小海又亲又摸。

"你疯了！大白天耍流氓。"唐媛媛吓坏了，她可不想让范丽丽惊走伍小海。

范丽丽不顾伍小海厌恶地推开她，她大喊着："他就是伍小海啊，他就是我的保护神！球球，你太神了，一句话就帮我找到初恋了！滚出房间遇到爱！这话说得太神奇了！"

09_
闺密的小太阳

模特们骚动起来,她们竟然亲眼见证了"初恋天使"的魔力。帅老头高克和司徒老总走出办公室,帅老头高克笑容满脸地率先鼓掌,模特们跟着鼓掌的同时还拿出了手机拍照。

"别拍,别拍!"唐媛媛慌了。

"要拍,而且要多拍,要发微博发微信!今天的热门微博就是它了!"

司徒老总关上门,办公室里只剩下唐媛媛、范丽丽、伍小海、她和帅老头高克的时候,她在唐媛媛的脸蛋上使劲掐了一把。

"球球,演得不错嘛。"

"我演什么了?"唐媛媛大惑不解,看了眼范丽丽,而她只是花痴地看着伍小海。

"没想到唐小姐还懂商业策划。"帅老头高克似乎很满意,"不过让你的闺密扮演这样的角色会让人怀疑。以后我帮你物色人选,你要不断制造话题,不然你就是个新闻,成不了明星。明星的话题要有绯闻，最好有性，还要狗血。比如说花花公子和妓女同时请你帮他们找回初恋，你帮了他们，他们的初恋却迟迟没有出现，这个阶段要持续三到七天。这段时间要不断炒作，要有无数人怀疑你失去了魔力，要有无数的人骂你，要是没人骂你，你就花钱雇人骂自己。你要锻炼心理承受力，被人骂了还保持微笑的才能成为大明星。过了一周，话题冷了，所有人都以为你浪得虚名，是个骗子。这个时候就可以进行下一步了。花花公子在酒店招妓，招来的竟然是他的初恋，也就是那个请你帮忙的妓女。之后两人对你感恩戴德，到处宣扬你是当之无愧的初恋天使，之后就是舆论大哗，之后你就彻底奠定了'初恋天使'的地位。这多好，什么都有了，初恋、性、绯闻，还很励志，花花公子从此奋发图强，妓女变成贤妻良母，还可以让他们搞点访谈之类的电视节目，鼻涕眼泪地痛哭一场，最好现场求婚，之后直播婚礼。你不是经常说要感恩嘛，他们要对你感恩。他们以后就是你的撒手锏，无论遇到什么危机，只要把他们叫出来哭一鼻子，什么事都解决了。这个撒手锏要翻新，他们要结婚，要生可爱的宝宝，还要闹矛盾，他们结婚的时候你去给他们证婚，给他们道喜，闹矛盾的时候你去给他们调节矛盾，这些都是话题，都是新闻。"

"醍醐灌顶！"司徒老总一脸顿悟地说，"应该说开水灌顶。球球，你听清楚高总说的了吗？你的后半辈子就靠这个活着了。"

唐媛媛没吭声，心里想的是："我的后半辈子就活在忽悠里了？"

"这样炒作一举多得，它传递给大众一种信号，你不仅为香帅这样的名人富翁服务，还为平民服务，你是善良的。不过……"帅老头高克故意停顿了片刻，"你是有魔力的，但要让大众知道，你的魔力不是无限的，比如说你的魔力只可以为一万个人找回初恋。你是天使，你是无偿的，可谁也不能让天使饿着。我们炒作了一次，大众知道你为平民服务过了，这样你可以面向高消费人群了。你的目标是高消费人群，找回初恋本来就是奢望，属于奢侈品。再比如说，你的魔力像侠客的内力一样需要恢复，每用一次都要恢复几天，这样也很珍贵。有钱人都是懂事的人，就算你不要钱，他也会给。这方面的操作，你就不用费心了，统统交给我。"

帅老头高克说完用询问的目光看着唐媛媛。

司徒老总连忙走过去，抱住唐媛媛圆滚滚的肩膀说："你的信息量太大了，你得给球球点时间消化消化。"

"没问题。我是不急，不过机会不等人。"帅老头高克对司徒老总说，"以后不要叫球球，要叫天使妹妹，所有人都要这样叫。"

"这不是私人环境嘛。"司徒老总有些尴尬。

"私人环境也不行，要养成习惯。有魔力的是天使，球球有个球魔力！"帅老头高克语气不温不火，却很有威严。

司徒老总一连说了几个"好"，脸上的尴尬像是膨胀的碳酸饮料，喷溅得到处都是。

"关于时装秀，我只有一点意见。初恋这主题很好，不过还要突出天使,突出初恋天使。"帅老头高克说完,离开了办公室。

司徒老总似乎松了一口气:"天使妹妹,你来做时装秀的代言人,时装秀快结束的时候,咱们一起亮相,你说一句话就可以,你就说,愿天下有情人花好月圆。其他的,你什么都不用管。"

"没我的事,我出去了。"伍小海转过身,让后背承受范丽丽的目光。

范丽丽的目光赤裸裸、热辣辣,闪烁着春季里母兽求欢的渴望。

"别走啊,少不了你。"司徒老总打开设计图,"你是公司唯一的男模,你的任务很重。我给你设计了六套时装,你要配合六个模特走T台,最后,球球……我是说天使妹妹说完那句话,你们还要走最后一场秀。看看吧,这是我给天使妹妹设计的。"

司徒老总拿出了一套时装,那是一件纯白色的拖地长裙。唐媛媛穿上长裙以后,轻轻转了一圈,片片白纱如花瓣微微颤抖,像是在风中绽放的白莲花。

"太完美了!"司徒老总兴奋地抱住了唐媛媛,"这是我最好的作品。"

伍小海也露出了难得的微笑。

范丽丽停止了花痴行为,她随手捡起一张设计图:"这是设计图吧?为什么天使妹妹的设计图比其他的设计图都要大一点呢?"

范丽丽看伍小海的目光始终荡漾着暧昧的畅想,她现在完全相信唐媛媛就是初恋天使。唐媛媛为司徒老总和香帅找回了初恋，这两对爱人在久别重逢后迅速领证结婚。范丽丽内心激昂澎湃，一会儿伍小海要是跟她求婚，她该怎么办呢？一口答应似乎不够矜持，如果拒绝会不会伤害伍小海？关于面对求婚的问题，范丽丽早已思量过多种方案，不过那些都是用来对付寻常的追求者，她可以矜持一次，婉言谢绝，让对方满心欢喜地明白下次求婚定会成功，她也可以一口拒绝，冷酷到让对方永远不会出现。此时面对伍小海这个梦中情人，她忽然间变得慌乱起来，如同未经过情事的女孩不知所措。经过片刻的纠结之后，范丽丽毅然决定，去他的矜持优雅，去他的羞涩怀春，只要伍小海向她求婚，她就马上答应，马上去领证！

现在去民政局领证，时间应该还来得及。

然而，直到下班，伍小海不仅没有向她求婚，没有兴奋万千地和她攀谈，甚至连看都没看她一眼。她主动和伍小海聊天，热情地说，你还记得吗？我们是幼儿园同学。你还记得吗？那个时候你就坐在我旁边。伍小海开始是冷冰冰地用"嗯"回答她，后来干脆不理她，找到了安静的角落坐下，刻意和她拉开了距离。

范丽丽万分沮丧，无限晴空的心情瞬间坠满了铅云。模特们发出的微信迅速传遍了朋友圈，她们发的微博更是成了当天的热门话题，范丽丽唯恐被别人抢了风头，连忙发了一篇微博，宣称自己是幸运儿，是初恋天使帮自己找回了初恋。发微博的时候她还拍了一张美美的自拍，她以为也会像唐媛媛一样迅速走红，可以享受一下名人待遇，可是除了微博上十几个祝福，羡慕她的回复，她的粉丝只增加了几十个,热门话题迅速丢下她,指向了唐嫒嫒。微信上更是冷冷清清,似乎所有认识的人都在嫉妒地回避着她。范丽丽明白了,谁会在乎她这个无名小卒是否找到了初恋,大众关心的是初恋天使再次证明了自己的魔力。

范丽丽很快纠正了自己的心态,唐嫒嫒帮司徒老总找回了初恋,她现在也没有走红,可是司徒老总找到初恋后迅速修成正果,山呼海啸地领了结婚证,噼噼啪啪地入了洞房。而她什么都没有,她在伍小海眼里更像是喋喋不休套近乎的寻常女孩。

范丽丽快要疯了,到底是哪里出了错?

10_
这般的梁山伯

"我是个简单的人,喜欢一切简单的东西,比如,加汤力水的伏特加,比如,加冰的波本威士忌。"

酒吧一条街在日落后醒来,披着一身霓虹花枝招展地迎来送往。一名上身套着新潮的T恤,下身穿着紧身牛仔裤,脚蹬尖头皮鞋的男青年站在一家名叫"大灯泡"的慢摇酒吧门前,大声和一身职业装的女孩聊天。

女孩似乎社会阅历尚浅,一时找不到合适的词汇,木然地没有回应,直勾勾地看着远处的灯火。

"所有的,全世界所有的伏特加都是一个味,什么味?消毒水的味。当然,气味对于伏特加来说并不重要。我觉得你适合威士忌。我是一个准确的人,我说准确的话,只和准确的人交朋友。我不喜欢用什么劲大、柔和来形容威士忌,我形容它软绵。软绵这个词够准确吧?劲大、柔和那是形容白酒,白酒有什么好喝的!"尖头皮鞋说着侧过身把一只手撑在墙上,这样他显得更加潇洒,离女孩也更近，他巧妙地用这种姿势在他们之间搭建了无形的暧昧桥梁。他在靠近女孩时，恰当地露出了名贵的腕表。

黑娃和老九站在不远处面对面地抽烟，像是那种等待对单身的、醉得不省人事的女孩下手的坏小子。二十岁左右的黑娃稚气未消，却和年近中年的老九像兄弟一样平起平站。

黑娃说："他没戴金链子。秃子说，这样的可以下手。"

黑娃说："穿的衣服简单，但不随意。秃子说，这样的可以下手。"

黑娃说："有文化，有见识。秃子说，这样的胆小，发现了也没事。"

老九说："还说自己过目不忘，就你这记性能记住自己姓啥，你妈都得笑死。知道秃子为啥说不能动戴金链子的吗？这年头有钱人都低调，再说金链子也配不上人家身份。穿衣服简单、不随意的就能动手？满大街都是，累死你。秃子让咱们到酒吧街是因为来这里的男人都是奔着泡妞来的，兜里肯定揣着几千块现金应急。对这样的下手，咱可以解决差旅费，就算被逮了，几千块钱也不够判，最多关几天。"

黑娃说："你说好好一个酒吧，叫啥大灯泡呢？又不是卖五金的。要是我起名，就叫坐地炮，里面再摆上几门大炮，来几箱子炮弹，咔咔咔，那多气派。"

"这些人到酒吧里不就为了勾勾搭搭嘛，大灯泡的意思就是红娘，就是大茶壶，老鸨子。"

"那叫红娘不就完了,绕这么大圈子。"

"秃子不是说了,小买卖实话实说,中等买卖拐着弯说,酒吧是大买卖,不光要拐着弯说,还得起范儿?知道啥叫起范儿不?"

黑娃狠狠地朝老九的头上抽了一巴掌:"我不知道吗?就显你能!"

"当着这么多人,打我干啥。"

"我是你爷爷,我不能打你?"黑娃变本加厉地抽着老九,"我能不能打你?"

"能能能。"老九用手护住耳边的助听器,"他们又说话了。让我的顺风耳听听。"

尖头皮鞋似乎认定了女孩被自己的渊博唬住了,于是声音更大,说得更多:"如果一定要喝伏特加,我不建议你喝苏联的红牌伏特加,这个牌子是不错,就是有点过时了。当然了,老牌子未必不好,就像芬兰伏特加和绝对伏特加流行过一阵子,不过那是我爸爸留学的时候喝的酒。我爸爸当年在伦敦留学,我也是,算是子承父业吧,我昨天刚从伦敦回来。我爸爸就是在酒吧认识了我妈妈,他们认识的第一天喝的就是芬兰伏特加。你肯定猜出来了,我是个混血儿。我和爸爸有一点不一样,我不喜欢洋妞,我喜欢你这样的女孩。我请你喝一杯芬兰伏特加吧?……好吧,沉默是你最迷人的特质。我是一个准确、有品位的人,只喝最好的酒,和最准确的女孩交往。最高级的伏特加来自波兰,原材料是土豆,虽然有点汽油的味道,那也比白酒好。"

不远处的黑娃依旧对"大灯泡"这个名字耿耿于怀。

"叫红娘也挺好,喜兴。人家喜兴倒是和我没啥关系。我不喜欢别人办喜事。"

老九默默点头:"丧事更不好,你说是不是,死人不是什么好事。最好都别结婚,永远都别死人。"

"没人结婚,一个人都不死,咱就不至于在这儿看别人泡妞了。"

"要是药丸子没丢,别说差旅费,咱们现在恐怕早就在沙县小吃喝上小酒了。"老九耿耿于怀。沙县小吃对他来说是最高档的餐厅之一。

"说那有啥用。你咋不说,你要是没生出来,你啥闹心事都没有了。"黑娃感慨地望着尖头皮鞋,"你说那哥们是不是碰上个哑巴妞?"

尖头皮鞋确实很尴尬,他说了半个小时,女孩不仅没有说话,连鼓励、默许、鄙夷的眼神都没给他一个。

"要不今天就不聊了?"尖头皮鞋瞄着酒吧里面,刚来了几个在校的学生妹,他完全有把握和她们边喝边聊,准确地把时间拖到后半夜,然后准确地批评自己看见美女就兴奋,错过了学校关门的时间,他要惩罚自己,给几个美女找个过夜的地方。剩下的事情就好办了。

"你猜我喜欢怎么喝伏特加?"女孩的话勾住了尖头皮鞋,把他拉了回来。

"我兑过柠檬汁，兑过橙汁，还兑过胡椒。留学的时候，我的老外同学还往里面加鹿肉。至于你……"

"我喜欢白酒兑伏特加。"女孩拍拍他的肩膀，"不就泡个妞吗？看把你忙的，嘴皮子都磨飞了。姐姐教你，有胸肌吗？没有吧。有人鱼线吗？没有吧。有钱有车吗？都没有吧。会讲荤段子吗？还是不行吧。什么都没有，什么都不会，还戴块掉色的假表，到这儿混什么呀？等着捡钱呢？还留学呢，除了FUCK，你还会说什么？"

望着渐行渐远的女孩，尖头皮鞋吼了一声："老子有钱！老子有的是钱！"

尖头皮鞋也开始渐行渐远的时候，黑娃和老九跟了上去。

"我听得真真的，他有钱，他自己说的。"老九信心十足，其实他只听到了尖头皮鞋的吼声。

黑娃说："跑不了他。我记住他的鞋了。秃子不是教咱了……他说啥来着？"

"秃子说跟人别盯脸，别看衣服，容易暴露，就盯鞋，一盯一个准。"

"我没忘，我是考考你，真是个好孙子。"

老九愤愤地咕哝着："希望我有生之年能看见我奶奶。"

黑娃又开始抽老九："这话啥意思？我打一辈子光棍是不？"

酒吧一条街的西侧有一片低矮的平房，尿急的尖头皮鞋准备在平房的阴影里方便一下。

黑娃却紧追着远处的一个人。

"干啥去？"老九拽住了黑娃。

"皮凉鞋嘛，穿皮凉鞋的在前面呢。"

"尖头皮鞋！"老九朝平房里的阴影努努嘴，"你去，我把风。小心点，别整一身尿。"

黑娃站到了尖头皮鞋身旁，把手伸进了他的口袋。

"哎哎。"尖头皮鞋飞快地系上腰带："干吗？偷钱包？我撒尿你偷钱包？你怎么那么着急呢，你等我挤地铁的时候偷啊。"

"谁说我是小偷了？"黑娃把手放在了后腰。

"那你是雷锋，帮我系腰带来了？"

黑娃的手从后腰抽出一把铁扳手，重重地砸在了尖头皮鞋的头上。

老九从远处跑了过来："你咋又改抢了？秃子不是说了，抢劫罪大，你这还是持械抢劫，抓进去就出不来了。"

"你就记住这些了。秃子不是说了，要扬长避短，要知己知彼，我的长处就是抢，能抢我为啥要偷？"黑娃掏出了尖头皮鞋的钱包，"太低调了，泡妞就带三百块钱，这是奔着小时房去的。"

老九脱掉了尖头皮鞋的鞋子："有奢侈品，你看看，LV的鞋垫。"

黑娃抓过鞋垫抽在他的头上："你傻了？LV公司出过包，出过手机，出过拖拉机、缝纫机，出过鞋垫吗？"

11_
小时房

黑娃和老九开了一个小时房,刚一上楼,楼层服务员就不屑地转过身去。

"花这钱干啥。睡火车站不是挺好的。"黑娃嘴上这么说,一进房间就躺在了床上。

"不能总睡火车站。秃子说了,火车站小偷太多。"

"你身上有啥可偷的?"

"咱们这不是刚弄了点钱嘛。要我说秃子太抠了,从山里到这儿,千里迢迢的就给咱们二百块钱差旅费。"

"这有啥不能理解的,秃子这不是在磨炼咱们嘛。他说,梅花香自苦寒来,还有什么吹尽黄沙始到金,少壮不努力老大徒伤悲。要我说,一分钱都不拿,咱就白手起家。咔咔咔!"黑娃抓起铁扳手,把床砸的咣咣响。

"秃子脑子够用,知道的也多,要不然他能知道唐媛媛成了名人,他会玩微博。你说他心眼这么多,会不会坑咱俩?这几年存在他那儿的有几万块钱了。"

"我在他那儿存了三万七,你存了四万二,乡里乡亲的,他敢坑咱,我咔咔咔,把他祖坟刨了!"黑娃手上的铁扳手轻一下重一下地砸着。咣咣咣!"秃子说的在理,钱存银行利息太少,他给的利息高。"

"这你倒记得挺清楚。记着欠我多少钱吗?"

黑娃猛地坐了起来:"你咋不说你欠我多少呢?我妈过五十大寿,我姐结婚,你都没随礼,都是给的白条子,还有我大侄子出生、满月、过百天,你给的也是白条子,孩子都五岁了,你是不是不打算给了?我是你爷爷,我大侄子是你叔,你叔的钱你也敢不还?"

"你不就是辈大吗?我岁数还比你大呢。"老九不满地掰着手指,"我奶奶去世,我大姨改嫁,我小姑嫁闺女,这数都数不过来了,你不是也没随礼,也给的白条吗?"

"行啦,咱俩就别说这些了。你背了多少债?"

"有六万吧,都打了白条了,咱是讲究人,欠债肯定还。"

两人同时叹了口气。他们生活的小山村不过几百户人,平均月收入不过千把块钱,可攀比之风盛行,大事小事都要请客,都要随礼,每次最少也要拿五百块的红包,拿不出红包就要打白条,不然没法出门见人。黑娃和老九原本是用铁扳手混生活的修理工,生活紧紧巴巴但还过得去。家里人脸皮薄,不愿意事事请客,可村里人脸皮可不薄,几年下来家里人省吃俭用却背上了巨额债务。于是两人不再做修理工，跟着老秃子做起了大买卖。

黑娃说："唐媛媛那个胖丫头还挺有能耐，还能帮人找回初恋。等找着她，让她帮我把初恋找回来。你还记得白妞不？白妞长得真水灵，那皮肤雪白雪白，可软和了。"

"还可软和了，就跟你摸过似的？"老九哼了一声，"我四十了，都没着急，你急啥。咱可说好了，咱是来办正事的，找着唐媛媛，赶紧让她把东西交出来，要不然秃子就得跟咱们翻脸。秃子跟咱们一翻脸，咱的钱就完蛋了。"

"她敢不给，我咔咔咔……"黑娃又抓起了铁扳手。

"她是个小丫头，你舍得下手？"

"我一吓唬她，她就得把东西给我。"黑娃丢掉铁扳手，抓起遥控器，打开了电视，"我从小就喜欢白妞，知道梁山伯和祝英台不？要是我俩变成蝴蝶就好了，不用给村里人随礼，不用买房，这也不用那也不用，就是飞，就是美。"

"你又不是蝴蝶，你咋知道蝴蝶不用随礼？梁山伯和祝英台还有个歌呢，应该叫古曲……化蝶飞，化蝶飞，呼啦呼啦飞，呼啦呼啦追……"

"那歌是什么古曲呀。我告诉你什么叫古曲，大禹治水的时候就有这歌了……长亭外，古道边，芳草碧连天，夕阳山外山……晚风轻拂笛声残，夕阳山外山……"

"行了，赶紧睡吧，一会儿到时间了。"老九用被子盖住脸，"想看电视，你小点声。"

"咱消费了，就得享受，电视得工作。"黑娃拔掉了老九的助听器，"这样就啥也听不见了吧，顺风耳大孙子。我把厕所的灯也打开，咱得享受。"

"不对呀。"老九忽然醒悟，"咱们的东西要不回来了！"

"找着唐媛媛不就要回来了。"

"不对！你想啊，咱们偷的那啥'玉言丸'和'过一丸'，听说吃了'玉言丸'的人就跟皇上一样金口玉言，说啥啥灵，一说一个准。唐媛媛肯定是把'玉言丸'吃了，不然她能变成初恋天使？"

黑娃把铁扳手丢在一旁："完蛋了！彻底完蛋了！老秃子肯定要跟咱们翻脸，这下咱的钱泡汤了。"

前不久，黑娃和老九受到老秃子的指派，带着两百块钱离开了大山，来到了繁华的都市。那个时候"纳米迷宫"还在媒体上持续发酵，他们的目的就是要偷到白日梦公司制造的各种神奇药物。他们思前想后，无论他们用什么办法都很难进入"纳米迷宫"，后来黑娃下了决心，拿着铁扳手冲了进去。事情出奇的顺利，所谓世界上最坚固的建筑材料被铁扳手瞬间摧毁，各种最先进的防盗设备也没有发出刺耳的尖叫，所谓的迷宫也不过是几张硬纸壳搭建的破围墙，铁扳手砸了几下便畅通无阻了。他们没找到"后悔药"或者"时光逆转仪"但他们拿到了"玉言丸"和"过一丸"，他们紧张万分地离开时，不仅没有遭到士瑞克保全公司的安保人员和特种精英的追剿，就连进门时看到的愣头愣脑的门卫也没了踪影。

受骗了，上当了。这是黑娃和老九当时的感受。那么重要、价值连城的药品怎么可能让他们轻易得手，他们去的地方肯定是一个假的、用来迷惑窃贼的地方。最令他们疑心的是，"玉言丸"和"过一丸"不是他们想象的，拇指大的药丸。一颗红色，一颗黑色的药丸竟然有篮球那么大，分量也和篮球差不多。他们心惊胆战地躲了几天，发现"白日梦"只是在媒体上宣称失窃，并没有进行全方位的侦破，看来"白日梦"根本没有报警。肯定是受骗了，肯定是上当了。两个人拿着篮球大的药丸到处闲逛，两百块钱早就花光了，肠胃抽筋般地疼。这个时候他们遇到了好心的唐媛媛。唐媛媛给他们买了煎饼油条，作为回报，他们把两个"篮球"送给了她。反正拿回去老秃子也不会相信这就是所谓的神药，与其留在身边成为累赘，不如送给她。他们对唐媛媛说，这是他们做的棉花糖。唐媛媛相信了。正当他们准备离开的时候，老秃子忽然从天而降，逼着他们说出事情经过后，立即判断出两个"篮球"是货真价实的"玉言丸"和"过一丸"。老秃子严令他们找到唐媛媛，追回两个"篮球"。

"明白了。"老九捡起铁扳手，交还给黑娃，"唐媛媛变成初恋天使肯定是吃了玉言丸，那不是还有过一丸吗？老秃子肯定是让咱们找过一丸。"

"对对对，好孙子，还是你脑子快。"老九倒在床上，"赶紧睡吧，小时房啊，那房钱是论秒算的。"

在走廊里忙碌的服务员笑嘻嘻地拨通了手机："媳妇，我跟你说个好玩的事。刚才来俩男的开小时房,特能折腾,咣咣的,还唱歌呢,唱完《化蝶飞》唱《送别》。"

12_
大秀场

唐媛媛想不到她依旧没有摆脱"毁"人不倦的厄运。

范丽丽想不到唐媛媛竟然玩起了脚踩两只船。

范丽丽看见伍小海的那一刻,一颗小芳心便激动地砰砰乱跳,她太高兴了,相思多年的人忽然来到了她的身边,她的命运即将发生巨变,完美的人生已经冒出了金灿灿的光芒。回到家以后,坐在冷冰冰的床上,范丽丽差点疯了,她太烦闷了。伍小海出现了,可他对她竟然没有一丝丝的热情,就算她没有对他相思多年,就算他们不是幼儿园的同学,她也总是朵性感妖娆的小花吧,怎么就不搭理她呢?下班后,她殷勤地等在路边,她是美食家啊,她是美食活地图啊,她要带他吃遍整个城市。当她发出邀请,伍小海却连句客气话都没说就跟着唐媛媛走了。这个时候范丽丽的智商才恢复了正常值,她意识到唐媛媛对伍小海太好了。唐媛媛现在是初恋天使,不再是小助理,没人敢让她端茶倒水,可她偏偏要给伍小海端茶倒水,还给他零食瓜子。唐媛媛竟然没给她零食瓜子!范丽丽知道伍小海是唐媛媛介绍到公司的，他们关系一定不错，她那颗胖乎乎的春心肯定是萌动了。范丽丽不在乎竞争，尤其是和唐媛媛竞争，反正她们是闺密，谁得到伍小海都是胜利。范丽丽不在乎竞争，她有完胜的把握，她销魂的小身材不可能败给身高一米五、体重一百二的糖球球。

即便是竞争，范丽丽想要接近伍小海，也要通过唐媛媛，不管怎么说，唐媛媛是她的千足金闺密，她一定会帮她。

范丽丽一大早就站在了路口，那是唐媛媛上班的必经之路。她就着大蒜吃光了两份煎饼果子和三盒油炸臭豆腐，这才看见戴着口罩、扣着鸭舌帽的唐媛媛从远处慢吞吞地"滚"过来。紧跟在唐媛媛身边的人竟然是伍小海。范丽丽连忙躲在一旁，她琢磨着是否低估了唐媛媛，她琢磨着这样也挺好，她可以先和伍小海聊几句，沟通下感情，有唐媛媛在她不会太尴尬，等到没人的时候再请唐媛媛帮忙。这时两人却分开了，伍小海继续朝公司方向走去，唐媛媛走了另一条路。范丽丽把剩下的大蒜丢进垃圾桶，她决定放弃和伍小海单独相处的机会，去向唐媛媛求援。

唐媛媛再也不穿松糕鞋了，穿着平底鞋的她比永远穿着高跟鞋的范丽丽走得要快很多，直到她拐进了一栋独立的小楼，范丽丽才追了上去。

小楼是当地的刑警队所在地。范丽丽站在院子里，透过窗户看见房间里的唐媛媛正在和一个帅气的警官说着什么。唐媛媛似乎受了什么委屈，频繁抹着眼泪，帅气的警官给她擦眼泪，把她哄笑了,临走的时候还拍拍她的肩膀。

范丽丽看见脸上挂着微笑的唐媛媛走出刑警队,便立即冲了过去:"球球,你怎么跑这儿来了?"

"我来玩啊……你怎么来了?"唐媛媛表面上故作镇静,但每根毛孔似乎都在说,我在撒谎,我在撒谎。

"没事跑到刑警队玩!没想到你还喜欢制服帅哥。"范丽丽忽然大喊一声,"糖球球,你什么时候开始谈恋爱的?抗拒从严,坦白严上加严!"

"谈什么恋爱啊。"唐媛媛怔了怔,似乎立即接受了范丽丽提供给她的理由,"其实……其实我们刚认识,确定了能不告诉你嘛。"

"刚认识就对你这么好,我可都看见了。"范丽丽眯缝着眼睛说,"刚认识就这么亲热,确定关系得到什么程度啊,小色妞?"

唐媛媛呼啸着抓她的痒,范丽丽又是还击又是求饶地和她闹了一阵,安静下来后,她想到了一件烦心事。

"球球,我手链丢了。"

"这记性,你爪子上戴的是什么?"唐媛媛看到了范丽丽手上那个新买的手链。

"是装手链的盒子丢了。肯定是那些贱人眼红,把我的盒子扔了。那个盒子上有个金色的小天使,我想送给你呢。"

唐媛媛愣了一下,随即笑着:"好了,心意我收到了。金色的小天使正在我的心里唱着歌飞呢。"

"是穿着警察制服的小天使吧？"范丽丽的眼睛又眯缝成了一条线，那条线中闪烁着暧昧的光。

去公司的路上，范丽丽向唐嫒嫒倒起了苦水。其实她所谓的"失恋季"是自欺欺人的。人总需要追求者，尤其踏入社会，追求者的数量和质量如同决定职位的毕业证，追求者越多，质量越高，越能证明人的五官、身材和内涵。十四岁的范丽丽就有了很多同龄的追求者，她也懂得了男人和女人的诉求有巨大的不同，女人想找个人共度余生，男人只想找个人共度春宵。范丽丽的追求者越多针对她的谣言也就越多，明明是追求者在夏天放弃了追求，其他人便会说范丽丽每到夏天就被人踹了，于是便有了所谓的"失恋季"。等到范丽丽进入社会，各个年龄段的追求者一拥而上，有同龄人，有大叔大爷，还有小正太。追求者的耐心也变差了，两周的追求足以让他们更换目标，于是谣言又起，范丽丽的"失恋季"变成了"灰太狼周末"。每个人都生活在谣言之中，范丽丽如此，唐嫒嫒也如此，不过针对她的谣言更加恶毒，谣言中的唐嫒嫒是千年的铁树不开花，万年的盐碱地无人开垦，她和意中人永远都是地球和太阳的关系，围着她绕了千万年就是抱不着，一旦抱在了一起，那将是宇宙性的大爆炸。

"球球，你知道喜欢一个人什么感觉吗？那就是你觉得他身上堆满了油炸臭豆腐，怎么吃都吃不够。"范丽丽满脸哀怨，"你知道你喜欢的人不喜欢你，是什么感觉吗？那就是这堆臭豆腐跑了，怎么追都追不上。你知道失恋是什么感觉吗？那就是你眼睁睁看着这堆臭豆腐让别人给吃了,吃完了还朝你吧嗒吧嗒嘴。"

唐媛媛纠结地看着她:"你还是嫁给油炸臭豆腐吧。"

"我为什么喜欢吃油炸臭豆腐?因为我喜欢伍小海。我现在觉得他身上堆满了臭豆腐,可是这堆臭豆腐跑了,还越跑越远。我不能让他跑了,不能眼睁睁看着别人把他吃了。球球,我求求你了,你是我的天使妹妹,我永远都感谢你,你和小海关系最好,你帮帮我呗。"

范丽丽一改暴力方针,采取了撒娇政策,唐媛媛确实有些招架不住了。

"我帮你了,他不是出现了吗?我还能帮你什么?"

"也怪了,你一句话,老总和香帅都找回了初恋,还马上登记结婚,我倒是把小海找回来了,可他怎么不搭理我?肯定有什么地方不对,你想想。"

"好吧好吧好吧好吧。"唐媛媛看着近在眼前的公司不由哀鸣一声,她还要继续面对司徒老总和帅老头高克的轮番轰炸。

如果不是司徒老总早就准备好了时装设计图,如果不是帅老头高克的鼎力支持,时装秀不会在短短的十天内筹备完毕。十天来,公司上下忙得热火朝天,却像和唐媛媛没有任何关系,她走路的时候,迎面而来的人会行注目礼,她想做点什么,立即会有人说"天使妹妹,让我来"。虽说有诸多的不适应,唐媛媛还是舒了一口气,司徒老总把精力都放在了筹备时装秀方面,帅老头高克也耐心等待着时装秀结束以后再跟她谈合作事宜。最让她挠头的是范丽丽，她每天都要追问，她的魔力到底是哪里出了问题。范丽丽改变了对伍小海的死缠烂打，她悄悄帮伍小海的忙，每天都会一大早赶到公司，在他的桌前放一盒油炸臭豆腐，之后带着深藏功与名的窃笑离去。但是她这招太拙劣了，全公司只有她一个人吃臭豆腐！

最好的酒店、最好的模特、最高端的媒体和最有实力的赞助方，司徒老总的时装秀可谓汇集了天时地利人和。时装秀开幕时，无数的闪光灯如繁星绽放，司徒老总用她颤抖的手捂住了颤抖的嘴。眼镜男一直陪在她的身边，眼镜男说今天是重要的日子，不能哭，更不能哭花了妆。司徒老总对模特们说，今天是个重要的日子，这样的日子一辈子也许只有一次，我们一定要珍惜。

唐媛媛默默祈祷着时装秀一定要顺利进行，这样她就可以摆脱帅老头高克的纠缠了，她也可以彻底摆脱"毁"人不倦的恶名了。

13_
波西米亚式初恋

隆重的开场后，模特们先后登场，以"初恋天使"为主题的时装秀如同花的海洋，把缤纷绚丽、纯洁素雅的花丛世界带到了T台上。然而，媒体似乎对时装秀并不感兴趣，他们纷纷去后台打听，什么时候能采访初恋天使唐媛媛。司徒老总封锁后台，禁止记者们出入后，一些失望的记者开始离场。

此时唐媛媛正在后台和一个穿着波西米亚风格长裙的女模特聊天。

唐媛媛是被模特们的闲聊吸引过去的。几个模特围着波西米亚女模七嘴八舌地说着，有人说她恢复得真好，生完孩子体形几乎没有变化，有人则埋怨她不该生孩子，她本来已经是当地小有名气的模特了，十月怀胎让她浪费了几个出名的好机会，有人问她这么着急出来赚奶粉钱，是不是经济出了状况。波西米亚女模所答非所问地应付着，含蓄地笑着。唐媛媛想起了不久前的自己，那个时候她还不是初恋天使，还是人见人欺、驴见驴甩蹄的小助理。她的笑容和自己的笑容一样的无奈,一样的充满坚忍。

唐媛媛也凑过去和她们闲聊。波西米亚女模一看到唐媛媛便垂下头,长长的睫毛眨呀眨的。其他的模特提醒她,怎么能对初恋天使一点都不热情呢,没有初恋天使就没有今天这台秀。波西米亚女模抬起头时眼里却蓄满了泪水,她使劲咬着嘴唇,似乎想用疼痛阻止随时都会倾泻而出的委屈。

"你怎么了?"唐媛媛有些慌了,她以为自己做错了什么,惹起了她的伤心事。

波西米亚女模用力摇头,不知是想说没有,还是表示自己不想说。

"你不是跟我说过,想让天使帮帮你吗?瞅你这点出息,那种禽兽不如的东西,找他回来干什么,继续欺负你呀?"一个模特义愤填膺地嚷了一句。

波西米亚女模出生于富裕的家庭,和蔼的父亲和善良的母亲都是艺术家。她从小就是个多才多艺的女孩,由于家庭溺爱,她在长大后变成了离经叛道的叛逆少女。她自尊心极强,刚刚成年便一个人走进了都市,天真地以为凭借自己的天分和努力便能闯出一片天空。在泥沙俱下、鱼龙混杂的模特圈,她洁身自好,坚守着自己的底线。也就是在那个时候,她认识了戴耳钉、插鼻环的摇滚男孩。她不喜欢摇滚男孩,对他的追求熟视无睹,但父母改变了这一切。固执的父母不问缘由,便认为她已经成为五毒俱全的问题少女,强迫她回家,切断和所有朋友的联系。摇滚男孩是个机灵鬼,他每天一大早便会把早点送到她的住所，父亲敲开房门看到男孩和穿着睡衣的她，理所当然地认为两人有了那种关系。父母变本加厉地苛求她，摇滚男孩的耳钉和鼻环成了她堕落的铁证。混乱无措的她做了一个错误的选择，她在酒醉后稀里糊涂地把自己的身体交给摇滚男孩。事情发展得没有任何悬念，摇滚男孩和她日夜厮磨了两个月以后便人间蒸发了。生不见人，死不见尸，电话关机。她吓坏了，请朋友帮忙找，报案请警察帮忙找，她自己每天都要去火车站、机场徘徊几个小时。然而，一个月后她接到了一个陌生号码打来的电话，摇滚男孩在那边说，他刚认识了另外一个女孩，那个女孩怀了他的孩子，他想借点打胎钱。他说我们是朋友，江湖救急一次吧。那时她刚刚发现自己怀孕，她有了他的孩子，他竟然说他们是朋友关系。对于初吻便是一生一世的她来说，早已认定他们要白头偕老，况且她不仅把她的初吻和初夜都给了他，还怀了他的孩子。

十月怀胎便是十个月的炼狱。为了让摇滚男孩回头，她给他汇款，让他给那个女孩打胎；她给他汇款，让他照顾那个女孩；为了给他汇款，她四处找朋友借钱，她不能让他天天吃泡面；她甚至厚着脸皮跟父母借钱，谎称自己得了重病，因为他又认识了一个女孩，他想送她一把小提琴。为了让他回到自己身边，她三次自杀，在手腕留下了永难消除的刀疤，为了让他回到自己的身边，她报假警，说自己到这里旅游，钱包被偷了，希望110的警察能把她送到他的身边。十个月的炼狱生活终于结束，因为他又打电话跟她借钱，小提琴女孩怀孕了，需要钱打胎，也是因为她在生下了孩子的那一刻意识到了生命的尊严。然而，含辛茹苦地照顾孩子让她又一次想起了摇滚男孩，她需要合法的婚姻，孩子需要正大光明的父亲。唐媛媛的初恋天使身份被传得神乎其神的时候，她这种愿望就更加强烈了。她觉得唐媛媛不仅可以帮她找回摇滚男孩，还能让浪子回头，成为忠诚的丈夫和合格的父亲。

"我的法力已经这么高深了？我得去拯救世界了。"唐媛媛苦笑着，她当然不知道，媒体的炒作之下，坊间传言她之所以能够帮人找回初恋，是因为她拥有改变人性的魔力。

模特们齐刷刷地看着唐媛媛，她们真心希望初恋天使能帮波西米亚女模一把，她最近幻听、恍惚、抑郁，用不了多久她就彻底毁了。也许某个午夜，她们走出KTV的时候，看到路边哭笑无常，抱着孩子到处乱跑的疯女人就是她。

"不不不，我没钱。"波西米亚女模连忙摆手。在她看来，唐媛媛是炙手可热、寸言寸金的财神天使，不是土豪巨富怎么可能请得动她。

唐媛媛确实想帮她，她怎么忍心看着曾经自尊自强的女模沦落成人人厌恶的女疯子，她要是疯了，她的孩子怎么办？可是她从未有过魔力，一旦没有效果，应该说绝对不会有效果，那女模怎么办？就像范丽丽一样，她给了她不该有的希望，给她们两姐妹和伍小海都造成了无尽的烦恼。

"这事我管了！"唐媛媛下了狠心，女模需要的是一个希望，需要的是一个美好的未来。她要吸取范丽丽的经验，给她造一座灯塔,这座灯塔不能近在眼前,而是仿佛遥不可及,却能隐约看得到点点灯火。

波西米亚女模惊呆了,她不敢相信幸运之神竟然眷顾了自己。模特们也瞪大了眼睛,众多的工作人员从四面围拢过来,期待魔力的闪现。

"请你听清楚我说的每句话。"唐媛媛谨慎地斟酌着词句,"你必须要服从我的每句话,不然我无法帮你找回初恋。"

波西米亚女模拼命点头。

"我能帮你找到初恋,但不是帮你找回摇滚男孩。"

波西米亚女模脸颊上的憧憬和喜悦瞬间变成了疑惑。

"你还要我帮你找回初恋吗?"

模特们纷纷大喊:

"怎么不找,说话呀你!"

"那个渣男,早就该不要他了!"

"找!找!找!"

唐媛媛用鼓励的目光看着她:"还找吗?"

"找!找!找找找!"人群的呐喊声四起。

波西米亚女模迷茫地看着唐媛媛。

"记住,你一定要服从我的每句话。"唐媛媛抢在她回答之前飞快地说,"他不是你的初恋,他只是个意外。初恋是什么?初恋是爱,不是做爱。你的爱情,你真正的初恋将会在未来的某天出现,也许是十年,也许是五年,也许就是明天,它什么时候出现取决于你自己。只要你变回曾经那个自强自尊的女孩，初恋就会出现了。你和你的他一定会花好月圆！"

"怎么会这样？"波西米亚女模愈发迷茫了。她不明白，为什么司徒老总和香帅都在极短的时间里找回了初恋，并喜结良缘，她为什么要等待，而且是一个没有期限的等待。

唐媛媛也不想这样，但她能做的只有这些。

模特们的表情都很凝重，初恋天使唐媛媛已经被赋予了神性，被彻底神话了，虽然没有人能预测出不遵从她的话会出现什么后果，但人人都能肯定，唐媛媛的话不能抗拒，不能违背，否则就是违背天意。

一个二十五六岁，手里拿着奔驰车钥匙的小伙子忽然挤进人群，单膝跪在波西米亚女模的面前："小虾米，我不能再等了！"

人们开始窃窃私语，他们在询问他是谁，他和女模又是什么关系。

"你认识那个渣男之前，我就喜欢你，可是你太漂亮了，我不敢跟你表白。后来你跟那个渣男在一起，我特别特别后悔，可是我总觉得还有机会，尤其看见你这么难，我怎么能离开你！天使说他不是你的真爱，我太高兴了，可她说你以后会遇到那个你的真爱，我真的不能再等了，我爱你，嫁给我吧！"

14_
多米诺骨牌式"毁"人不倦

人群发出阵阵骚动。唐媛媛从人们的窃窃私语中收集到一些长短不一的信息碎片,她把这些碎片在脑海拼接起来,还原了事情的经过——

奔驰男是投资公司的副总,他在一家娱乐公司认识了女模,两人互相欣赏,很快就暗生情愫,只是郎才女貌的两个人都没有说破,奔驰男觉得接触的时间还不够长,没有十足的把握打动女模,女模则认为一定要拼出属于自己的天地才配得上他。然而这时女模的父母来了,这时摇滚男孩骗走了女模的身体,女模固执地认为一吻便是一生,一夜便是一世,从此死心塌地跟着摇滚男孩,不再和奔驰男联系。奔驰男却不曾离弃,以朋友的身份关心她,照顾她。

摇滚男孩失踪后,他在她的住所楼下租了一套房,白天他是任劳任怨的保姆,把她的生活安排的妥妥当当,晚上他是任打任骂的出气筒,是尽心尽力的保镖。如果不是他无微不至的照顾,她早已死于自杀，如果不是他，夜夜拥抱着她入眠，她还会燃起自尽的念头，如果不是他一遍遍给她唱着儿歌，哄她入眠，她在离开妇产科医院后恐怕就进了精神病医院。他借钱给她，让她把钱打给摇滚男孩，让摇滚男孩养着他的情人。他借钱给她，让她生孩子，帮她养着孩子，他照顾坐月子的她，他帮无人问津的她联系工作，帮她来到了今天的秀场，还亲自开车把她送了过来。他说这些钱你拿去用，别提还钱的事。他说好好好，就当你借的，你快拿着吧，我求求你还不行？

"可，可我配不上你。"波西米亚女模泪流满面，"我确实喜欢过你，可是我都有孩子了。"

波西米亚女模当然懂得奔驰男的一片痴心，他越是痴心，她越是觉得对不起他，越会打他骂他撵他走，可他偏偏对她更好，更加百依百顺，于是她便越发的觉得对不起他，越会变本加厉打他骂他撵他走。在外人看来，女模简直就是貌美如花的美女蛇，是恩将仇报的白眼狼，但她的骨子里还是个传统女孩，在她的观念里，她这个被男人抛弃的未婚妈妈不配再拥有爱情，不配拥有奔驰男这么好的伴侣。她是真的觉得辜负了他，不该再耽误他。她早已经离不开他，可她早该狠下心离开他。她遭受着负心郎的反复折磨，转而让奔驰男承受了同样的折磨。她不该这样，不能这样，可她又能怎样？离开他，她便真的活不下去了。

"你的孩子就是我们的孩子，我们结婚以后不要孩子！"奔驰男左顾右盼，无奈之中奉上了车钥匙，"我没想到今天会向你求婚，我什么都没准备，我，我……这辆车开了两年了，出去以后我马上给你买新车！嫁给我吧！嫁给我吧！"

女模的目光落在了唐媛媛身上，咨询她的意见。这就是唐媛媛所说的真正的初恋吗？奔驰男的目光则充满了哀求，唐媛媛的一句话可能毁掉他的幸福人生。

"只有真爱才是初恋。"唐媛媛笑靥如花。

"嫁给他！嫁给他！"人群沸腾了。

"小虾米，嫁给我吧！"奔驰男就那么跪着，用这种恭敬的姿态恳请爱神的降临。

"谁要你的车！"女模竟然面无表情。

奔驰男几乎崩溃了，爱神就这样与他擦肩而过了吗？

"送什么车，求婚要送戒指，我要大钻戒！"女模跪在地上，抱住了奔驰男，娇嗔地打了他一拳，"以后不许当着别人的面叫我小虾米！"

奔驰男和女模泪水滂沱。

奔驰男和女模在滂沱的泪水中热吻相拥。

围观的人群纷纷举起手机拍照，她们要让这一刻成为永恒。范丽丽痴痴地看着伍小海，如果跪在地上求婚的人是他，那该多好。然而，伍小海转身走了，他的手里拿着给唐媛媛倒的水。

时装秀上离场的人越来越多，帅老头高克邀请的各界精英也纷纷离场，他们是来捧场的，开幕式结束后就算完成了托付。

"人都走了，赶紧想想办法。"范丽丽急得大喊。

"能有什么办法,总不能跳脱衣舞。"司徒老总焦躁地来回踱步:"不懂艺术,统统不懂艺术。他们的初恋都让狗吃了!"

"要不我试试?"唐媛媛谨慎地说了一句。她早就换好了纯白色的拖地长裙,等待最后的谢幕。

"对,对,对!天使妹妹,你真是我的大救星!"司徒老总恍然大悟。能吸引众多媒体的不是初恋,也不是时装秀,是初恋天使唐媛媛。

"早就应该这样,开幕的时候就应该让天使露一面。"帅老头高克冷哼了一声,"现在也不晚,马上安排吧。"

"能行吗?"唐媛媛怯生生地询问着,她后悔自己怎么总是主动提出这样的主意,她可是"毁"人不倦的糖球球啊。

没人回答她,没人记得她是"毁"人不倦的糖球球。

"丽丽,到你了。"司徒老总催促范丽丽上台,随后对唐媛媛说,"丽丽下来以后,你马上上台,把这个抱着,让他们知道知道什么叫艺术。"

唐媛媛接过了司徒老总递给她的鱼缸。那是一个直径三十厘米的圆形鱼缸,里面游动着两条金鱼,它们象征着纯洁的初恋和相濡以沫。

"小海跟我一起上场吗?"唐媛媛看了一眼在远处站如松的伍小海。她要尽量多给他争取曝光的机会。

"我和小海最后陪你,你这次单独出场。"司徒老总说完看看帅老头高克。帅老头高克点点头。

范丽丽没有司徒老总那么激动，那么兴奋。即便这场时装秀可能是丢在时尚界的一颗重磅炸弹，即便时装秀这枚重磅炸弹能把她炸成宇宙级的名模，她最在意的还是伍小海。走在T台上，她还在想着，唐媛媛的魔力到底哪里出了问题。苦思冥想后往往会出现灵光突现，范丽丽忽然想到了唐媛媛最后对女模说的那句话，想起了司徒老总和香帅在找回初恋后发的微信，他们在微信里提到，唐媛媛在替他们找回初恋之前都说过一句"花好月圆"。

唐媛媛没有对她说过这样的话！一定是因为这句话！对，没错，只要唐媛媛对她说一句"花好月圆"她的初恋就会回来了！

范丽丽从T台上返回，主持人上台公布初恋天使刚刚又一次成全了一对恋人。欢呼声雷动，口哨声刺耳，时装秀场沸腾了。所有人起立鼓掌，大声喊着初恋天使，期盼着她的现身。

范丽丽返回时，和唐媛媛擦肩而过的瞬间，她大喊了一声："球球，你说祝我花好月圆！"

"什么？"唐媛媛此刻满脑子都是司徒老总的叮嘱。要保持微笑，要笑不露齿，步子要慢，步距要一致……

"祝我花好月圆！你快说呀！"范丽丽尖叫着。她等了这么久，一秒钟都不愿再等了。

唐媛媛慌了，司徒老总明明跟她说，在台上不用说任何话，只要保持微笑就足够了。

范丽丽一次次尖叫，一次次让她说花好月圆，唐媛媛走在T台上一次次回头，一次次莫名其妙、惊慌失措。

范丽丽最后的尖叫简直可以说是歇斯底里,唐嫒嫒最后一次回头慌乱到了极点,她已经走到T台的最前面。嘉宾和观众们的掌声更加热烈,无数的闪光灯都对准了她。掌声和炸亮的闪光灯压垮了唐嫒嫒,她的步子乱了,她踩到了拖地长裙,拖地长裙把她绊倒了,她倒下的时候,把鱼缸丢了出去。

两条金鱼离开了鱼缸,在空中飞翔,其中的一条飞到前排一名女嘉宾的身上。女嘉宾穿着开胸长裙,金鱼滑溜溜地从胸口溜了进去。女嘉宾尖叫起来,刺耳的程度远远超过了范丽丽的尖叫。另外一条鱼被女嘉宾身旁的男士抓在了手里,他显然是个运动健将,他在抓住金鱼的同时也抓住了劈头砸下的鱼缸。运动健将也是个热心肠,他把手里的金鱼放进没有水的鱼缸后,立即把手塞进了女嘉宾的长裙里,他要帮她抓住那条滑溜溜的鱼。女嘉宾毫无感恩之心,甩手给了运动健将一记响亮的耳光。运动健将惊愕地后退,抓鱼缸的手不由地甩了起来,于是鱼缸从他手里甩了出去,撞到了顶棚的荧光灯。一串串的荧光灯开始爆裂,一串串火花开始四溅。

一次意外的"毁"人不倦引发了多米诺骨牌式的慌乱。

全场响起了尖叫声,所有人都朝出口冲了过去。

15_
范丽丽的白日梦

伍小海出现后范丽丽就病了。她把这种病叫作间歇性痴呆傻笑胡言乱语春梦综合征。

在公交地铁上，在人潮熙攘的商厦，在任何一个没有外界干扰，不需要思考的瞬间，便是范丽丽发病的时候。伍小海当然是病原体。

最初的时候，范丽丽脑海中的伍小海是会七十二变的伍小海，他时刻陪在她的身边，事无巨细地关心她、呵护她。后来，范丽丽脑海里的伍小海是印钞机伍小海，他有的是钱，别问为什么，就像孙猴子一样有的是钱，想要多少有多少，每次外出都会逼着她买买买，不要说她喜欢，她目光扫过的商品统统被伍小海买个精光。到了夜里，伍小海又变成了胸肌妖娆、人鱼线妩媚的强壮猛男，他似乎能看穿她的心，总能在她春心勃发的瞬间展开进攻，于是香吻飞舞，于是大汗淋漓，于是娇喘连连，于是彻夜不眠。

最初的时候，范丽丽期盼着一觉醒来，世界上只剩下了他们两个人。他们很悲伤，很无助，但很快他们发现这样很快乐，他拥着她在俄罗斯的红场翩翩起舞，他在汉普顿宫给她烧牛排酿啤酒，他一把火烧光了法国凡尔赛宫的洛可可式建筑，只为博她一笑。他们可以尽情欢笑，尽情享乐，但他们要共同面对困境。可以果腹的食品都到了保质期，他们必须自力更生。伍小海为她捕鱼捞虾，伍小海为她捕禽捉兽，为了她，伍小海在田地里辛勤耕作，为她收获了黄澄澄的玉米、晶莹剔透的稻谷、红闪闪的高粱、绿油油的蔬菜、橙色的番薯，各色粮食堆积如山，如同匍匐在地的彩虹。范丽丽只需要做一件事，她不能让人类灭绝，她要哺育后代！于是香吻飞舞，于是大汗淋漓，于是娇喘连连，于是彻夜不眠。

后来范丽丽放弃了生活在世界末日的念头，她要活在当下，要让所有人羡慕——每天清晨，浩浩荡荡的仆人大军在英国管家的带领下排队进入她的卧室，管家会通报世界各地的天气情况，以便她选择今天去游玩的目的地。服装管家针对天气和出席的场所给她针对性的意见。挑衣服真是一件让她心烦的事，紧挨着卧室的衣房太大了，走一个来回要半个小时。衣房和鞋房中间陈列着无数的名表和珠宝，只要她一个厌恶的眼神，管家便会拿出大铁锤，将从未佩戴过的珠宝砸得稀烂。打扮完毕，收拾停当，范丽丽便会说请先生出来吧。管家立即回答，先生已经在你的口袋里了。果然，袖珍的伍小海从她的衣服口袋里钻出来，他潇洒地打了一声响指，于是一团烟雾在他的指尖诞生，烟雾散去后，酷到离谱，奢华到不可想象的超级跑车出现在了她的眼前。伍小海说夫人，虽然迟到足以显示你的美丽和尊贵，不过我们还是快点吧，美国第一夫人已经等了四个小时了，这是她第三次求见了。范丽丽当然不愿意和有代沟的人沟通，可是她爱伍小海，为了爱熬过几分钟的无聊又有什么呢。跑车开出庄园的时候，范丽丽看见工人正在把几条海豚放进她的游泳池，那是比世界上最大的淡水湖贝加尔湖还要大的游泳池；她看见结满了葡萄、杜果、榴梿、西瓜的奇异而巨大的果树正在疯狂生长；她看见豢养的珍禽异兽紧紧追着跑车，两只大熊猫笨拙地摔成一对可爱的球。跑车的内部是变化无穷的空间，它是浪漫温馨的卧室，她可以把头枕在伍小海的腿上，观赏护驾的战斗机。她随便喃喃一句，来自世界各地的珍馐佳肴便会出现在她的面前。跑车永远供应最爽最辣的油炸臭豆腐噢。当然还有大蒜。跑车所过之处，行人纷纷鞠躬行礼，偶尔遇到一个曾经吃她豆腐，还对她翻白眼的色狼，伍小海便会说，哦，他喜欢翻白眼。随着他的一声响指，那个人便会翻上一辈子的白眼。伍小海是她一个人的伍小海，世界上只有她才见过他的真实面目。去见美国第一夫人的时候，伍小海可以变成帅气的阿汤哥，可以变成歌坛怪才周杰伦，还可以变成古代的潘安。美国的第一夫人惊讶的嘴巴都合不拢了，一个劲地说，潘安先生，你一句话，我马上改嫁。

十年或者二十年以后，任何一个地球人都会知道范丽丽的名字，若是某一天没有谈论她，他们一定会在入睡前辗转反侧，之后猛然打开电灯，对身边的人说，如果不聊聊我们共同的偶像，我恐怕会死于失眠。伍小海总会给她意想不到的惊喜，他的一声响指让她永远保持魔鬼身材和童颜巨乳，让她永远不老，永远不死。厌倦了世俗的生活，伍小海的一声响指便会带来一艘城堡般的飞艇。他们坐着飞艇去瑞士滑雪，坐在飞艇上去北冰洋钓海豹，可以在皎洁的月光下，抱着星星入眠。他们幸福快乐地生活在飞艇上，世界上流传着关于他们的神话，他们的爱情故事被演绎成经久不衰、与世长存的小说、电影、歌曲、话剧、成人片。所有的女人都会养成仰望天空的习惯，没有那个女孩不愿意成为她，所有的男人都会频繁仰望天空，她是所有男人心中的女神。

在公交地铁上，在人潮熙攘的商厦，在任何一个没有外界干扰，不需要思考的时候，当范丽丽的间歇性痴呆傻笑胡言乱语春梦综合征发作的时候，她身边的人便会佯装无事一般，迅速远离她。偶尔也会有人认出她，惊讶地说，你不是那个那个天使……范丽丽便会瞬间停止喃喃自语和散乱迷离的目光，矜持地说，对，初恋天使帮我找回了初恋，我叫范丽丽。对方这时便会兴高采烈地跟身旁的人聊起初恋天使，他们最感兴趣的是初恋天使，而不是天使帮了谁。

每到这个时候，范丽丽便会把牙齿咬出一串脆响。唐媛媛那个球人不仅没有帮她，还要抢她的小鲜肉保护神。她不能骂街，甚至不能有不悦的表情，她永远都要摆出一副感恩戴德的模样，要永远把初恋天使挂在嘴边，不然就是不懂感恩，不然就是蛇蝎女加白眼狼。这哪里是唐媛媛帮了她，分明是她在帮唐媛媛。

范丽丽是个现实主义者，她知道白日梦只是白日梦，她不需要庄园、珠宝、超级跑车，也不需要登上城堡般的飞艇成为世人羡慕的传说，她只想安安静静地享受美好的恋爱，和她谈恋爱的那个人只能是伍小海。然而，唐媛媛破坏了这个简单而美好的梦，难道她就不能对她说一句"花好月圆"吗？范丽丽坚信唐媛媛是故意的，她不愿意让她得到伍小海，因为她也爱着伍小海。

如果唐媛媛真的爱伍小海，能给他所有应该得到的美好，那也就算了。唐媛媛这个胖妞不仅夺走了她的爱，夺走了她美好的生活，还瞒着伍小海勾搭上了帅哥警官。

范丽丽决定了，无论她和伍小海的结局如何，她都要把唐媛媛脚踩两只船这件事告诉他，她不能让任何人伤害伍小海！

范丽丽忽然觉得自己无比凄凉。她想起了为了摇滚男孩不顾一切的波西米亚女模，想起了为女模吃尽苦头、受尽委屈的奔驰男。谁说世上的不幸各不相同，世上的不幸都是一个德行，那就是哭都找不到调。

16_
天使的困境

朝华初露之前唐媛媛就醒了。她没有做白日梦的心情,也不敢去上班。以往遇到烦心事,她只要滚瓜溜圆地睡上一觉,再睁开眼的时候所有的事便会烟消云散了。可是现在这招对她不管用了。她用被子蒙住头,心里默默祈祷着,此时此刻应该发生点什么,狂风暴雨也好,山崩地裂也好,尽快发生一件能够让所有人忘记时装秀的大事。很快,她觉得自己不够善良,于是开始祈祷,狂风暴雨或者山崩地裂都不要有人伤亡,她可以在危难中挺身而出,虽伤痕累累,但还是救下了无数的人。似乎只有这样,只有狂风暴雨,只有山崩地裂才能弥补她的过失。可是哪有不死人的山崩地裂。"汪汪汪"用鼻子拱她肚子的时候,她又开始笑自己太荒谬,她本不是什么天使,连帮别人找回初恋都是误打误撞,怎么会有这么大的魔力,引发地震和暴雨。她只求就这样蒙在被子里,不吃不喝没人打扰地过一辈子。

咚咚咚!咚咚咚!

唐嫒嫒再不从被子里钻出来,门就要被砸碎了。她打开门,看见站在门外,手里拎着砖头的伍小海。

"我都好久没见过砖头了,你从哪儿找的?我要收藏。"唐嫒嫒装作刚刚睡醒,用揉眼睛掩盖自己的尴尬。

"想找自然就找着了。"伍小海抓起桌上的药瓶,似乎在担心她吃安眠药轻生。

药瓶上贴着日文标签,里面是范丽丽托人代购、送给唐嫒嫒的减肥药。她打开过瓶子,但一颗药都没吃过。

"怪不得昨晚听到客厅有哭声。"

伍小海皱眉思量了片刻:"你是说打开瓶子以后就把它忘了,它很伤心,所以晚上偷偷哭?"

唐嫒嫒用大拇指在他额头上戳了一下:"点个赞。"

"说的真吓人,跟惊悚片似的。"伍小海说着,走进厨房,检查刀具是否齐全。

"喂,你行不行啊?砖头能砸开门吗?你认识日文吗?自杀用刀啊,很疼的好不好?"唐嫒嫒吼了一声,随后按捺住烦躁的心情说,"放心啦,又不是第一次'毁'人不倦,我习惯了。"

伍小海撇撇嘴,把胳膊递给唐嫒嫒。

"我不咬。你不爱洗澡,肯定是咸的。"唐嫒嫒走进卧室,关上门开始换衣服。她总要去上班,要面对那些人和那些事。

飞快地洗漱,飞快地叠被子,飞快地换衣服,飞快地拉开窗帘。拉开窗帘的时候,唐嫒嫒看见天空异常的蔚蓝,空中仅有的一朵白云如同倒悬的小猪。

唐媛媛回到客厅的时候大喊:"我看见一头小猪!"

"我一会儿就去弄个破门槌,明天就去学日语。"伍小海说着,打开唐媛媛那个庞大的购物袋,从里面找到钥匙串,解下了一把钥匙。

"你干吗?"唐媛媛冲出卧室,她要迟到了。

"互相留个备用钥匙,万一钥匙落在房间里,不至于无家可归。"伍小海拿出自己的一把钥匙,丢给她,"哪有小猪?"

唐媛媛心里一暖,张嘴就想说"我不会那么傻,不会学波西米亚女模",可话到嘴边,她咽了下去,只是点点头,说你就是头猪。

唐媛媛依旧戴着口罩,扣着鸭舌帽,和伍小海并肩走路去上班。他们依旧在路口分手,她去刑警队,他去上班。唐媛媛走进刑警队的时候,远处跑过来一个拿着手机的人,那个人正是范丽丽。

唐媛媛彻底恨上了会议室。

唐媛媛到公司的时候,发现公司回到了冷冷清清的时代,仅有的几个模特也对她视而不见,低头刷着朋友圈。时装秀办砸了,司徒老总一举成名的机会没了,公司是不可能复燃的死灰。成名的模特去了该去的地方,串场的模特又玩起了失联。

会议室的门半开着,司徒老总从门缝里探出头,用那双布满血丝的眼睛狠狠剜了她一眼。

司徒老总、帅老头高克、范丽丽和伍小海都在会议室。他们坐着,唐媛媛站着。

"天使妹妹,你先看看这个。"司徒老总似乎不愿提起昨天的事,把当天的报纸甩给了她,"头版头条!"

"昨日我市鼎金酒店发生严重踩踏事件。这是我市五星级饭店首次发生踩踏事件,事件中共有六人受伤……"

新闻根本没有提及时装秀,更没有关于的司徒老总只言片语。

"还有这个。"司徒老总拿出手机,迅速拉动微博的热门话题榜。

初恋天使的话题占据了一半的榜单,其中包括踩踏事件,捉金鱼的运动健将,排在第二位的是初恋天使再次成人之美,这个话题随着奔驰男和波西米亚女模展开,有人挖了奔驰男原来有个有钱的好妈妈,有人人肉搜索出了摇滚男孩,曝出了他的住所、联系电话和童年裸照,声称要把他大卸八块,更多的人赞美初恋天使唐媛媛结束了女模痛苦的人生,成全了她和奔驰男的绝佳姻缘。排在第一位的也和唐媛媛有关,网民大骂模特公司为了名利不知廉耻,是公司害得唐媛媛在T台上摔倒。天使是纯洁的,谁用天使赚钱,谁就该烂嘴烂脸烂指甲,生无所恋,死后单身。

任何一个热门话题都没有涉及时装秀,也没有司徒老总。司徒老总的手在颤抖,她难道连挨骂,背负骂名,被人肉搜索的资格都没有吗?

微信朋友圈也是一样,类似的话题在朋友圈里传疯了,所有的话题里依旧找不到和司徒老总有关线索。

手机忽然关机了,司徒老总摆弄了几下毫无反应,她猛然把手机狠狠地摔在地上。

唐媛媛一动不动,她能够接受司徒老总的任何举动。司徒老总应该不满,应该发泄。

司徒老总却压抑着情绪说:"对不起。我这种人应该用四防手机,防尘防震防水还得防精神病。"

司徒老总显然彻夜未眠,她显然想说是你搞砸了时装秀,搞垮了公司,现在你却成了受害人,我和公司倒成了罪魁祸首,凭什么呀?但是司徒老总没有这么说,唐媛媛多希望她痛骂自己一顿,骂她是害人精,骂她"毁"人不倦,她多希望她的手机砸在她的头上,而不是摔在地上。

司徒老总为什么这么克制?

泪水不争气地落了下来,唐媛媛连忙去擦,可是眼睛像是变成了打开的水龙头,泪水越擦越多。

"天使妹妹,你千万别哭。高总刚派人赶走那些记者,这要是让人家看见了,肯定说公司虐待你。"

"我没说你们虐待我……"唐媛媛哭得更厉害了。

伍小海拿出纸巾,想给唐媛媛擦眼泪,范丽丽看似无意地挡了他一下。伍小海发现她今天竟然没把油炸臭豆腐带到公司。

"过去的事情不提了。唐小姐请坐。"帅老头高克给唐媛媛拉过一把椅子,"有些事儿现在说确实不合适,不过我是个急性子,想请唐小姐帮忙。就是上次说的那件事儿,唐小姐几句话就能帮人找回初恋，你解决我这件事必然是轻而易举。"

唐媛媛当然记得帅老头高克的愿望，他想借助她，和小他30岁的女孩结为夫妻。唐媛媛没有魔力，即便有魔力，也不会帮他做这种事。

唐媛媛哭得更厉害了。

"我理解你的心情。也许你觉得她不是我的初恋，我只是喜欢她的身体。我可以明确地告诉你，我是有很多女人，但我爱我的每个女人，因为她们都是我的初恋。"帅老头高克朝司徒老总瞄了一眼，"谁都想一蹴而就，但是成功一定要经受无数失败的磨砺，司徒女士是个才华横溢的人，她一定会成功。我决定了，只要唐小姐帮我这个忙，我为司徒女士的下一次时装秀赞助三百万人民币，对唐小姐的感谢也是这个数。"

帅老头高克不再称呼天使妹妹，而是叫唐小姐，他没有再提收购她，利用她的魔力赚钱的事。这个精明的商人想清楚了。在他看来，聪明的唐媛媛先是利用范丽丽和伍小海炒作了一把，让她的光环更加绚丽，随后借助时装秀的机会，又一次大秀特秀。他认定奔驰男和波西米亚女模是唐媛媛找来的托，他后悔当初不该教她如何炒作。她领悟力极好，如今她已是炉火纯青。唐媛媛故意破坏了时装秀，还成功扮演了受害者，上演了一次苦情戏。有着多年炒作经验的他知道装可怜和哭鼻子是最好的武器，也是最好的盾牌。从某种角度来讲，司徒老总有恩于唐媛媛，她能够下狠心，破坏司徒老总的时装秀来炒作自己，这说明她不仅聪明，领悟力强，还是一个充满蛇性的女孩。他愿意和聪明，领悟力强的人合作，但他不喜欢蛇性合作伙伴，他不想成为下一个司徒老总，不想成为被蛇咬死的农夫。

司徒老总像饿极了的人嗅到了浓郁的肉香，投向唐媛媛那刀刃般锋利的目光转瞬变成了恳求。她还使劲眨了眨眼。

"唐小姐，请三思。"帅老头高克等待着唐媛媛的回答。

17_
云是倒悬的小猪

唐嫒嫒还是在哭,泪水打湿了伍小海递给她的整包纸巾。

"再会吧。"帅老头高克起身告别。

司徒老总使劲干咳,像是要把肺咳出来,她使劲眨眼睛,像是想用眼皮把唐嫒嫒的舌头从嘴里夹出来,痛痛快快地答应帅老头高克。

"我……"唐嫒嫒哭得说不出话。她搞砸了时装秀,当然想还给司徒老总一个更好的时装秀,可是她没有魔力,找不回初恋,她怎么能骗人。最重要的是,帅老头高克是想利用她去害人,那个26岁的女孩有道德底线,有坚强的意识,她怎么能把她推进这个夜夜做新郎的人的怀里。

"高总,你留步,天使妹妹有话说。"司徒老总上前拉住帅老头高克的手臂,"急死我了!唐球球,你倒是说呀!"

"不勉强了。"帅老头高克看了一眼司徒老总的手。她的手绝望地松开了,如坠深渊。

帅老头高克走了。范丽丽面无表情。司徒老总脸如死灰。唐媛媛还在哭,她似乎想用哭泣赶走所有的委屈和不解,似乎想用泪水冲走所有的误会和期盼。她只是个普通的女孩,只是个初入社会的普通女孩。她的世界只有住所到公司这么大,她的手机只有三个联系人,她如今承受得太多太多了,她需要发泄,需要排解,她不会吵架骂人,不会埋怨别人,也不会像曾经的司徒老总一样喋喋不休喝酒抽烟,她只有一种最原始、最无助的方式,那就是哭。

"别哭了。我是让你敷衍一下他,咱们不是说好了嘛,你不用给他哪种人找初恋,我怎么可能让你干那种事。我都这把年纪了,我的骨灰盒都准备好了,你就不能帮我一把?"司徒老总的双手忽然猛拍在桌上,歇斯底里地喊着,"你还有脸哭!所有的,所有的所有都怨你!你非把我害死不可!"

"你不许哭!"伍小海忽然对着唐媛媛咆哮起来,"你是错了,你是搞砸了时装秀,可你是故意的吗?你有什么错?没有你,那个帅老头高克会给公司赞助吗?会有什么时装秀吗?我告诉你,你错就错在不该帮他们这些人,他们每一个都想利用你!"

门外的模特们挤进会议室,她们眼中的伍小海是惜字如金的小鲜肉,是好脾气的小面团,不会多说话,更不会发脾气。

伍小海指着司徒老总:"你凭什么骂她?她帮你找回了初恋,帮你找到了投资,帮你骗人,帮你完成了时装秀,就因为她没有继续帮你骗人,没有继续帮你骗投资吗?"

伍小海指着范丽丽:"还有你。她是你唯一的朋友,你累了,她帮你按摩捏肩,你无聊,她感冒了都要陪你逛街吃东西。你呢?她被所有人误以为是初恋天使,你明明知道这不是真的,你不仅不帮她澄清,不帮她脱离困境,还要当她的经纪人,还要用她去赚钱。你也是她唯一的朋友,所有人都在指责她,骂她,你看见了吗,她在哭,她哭得都没有力气了,你呢,你在干什么?你有没有帮过她?"

伍小海指着模特们:"还有你们。唐媛媛是初恋天使,你们就拍她的马屁,她搞砸了时装秀,你们就把她当空气,是不是还要让她给你们当助理,给你们端茶倒水,像个球一样滚来滚去,听你们招呼!"

伍小海心疼地看着唐媛媛:"这里所有的人都想利用你,你没有魔力,不是天使,你在她们眼里只不过是个工具,你是台点钞机,谁都想把你握在手里。所有想找回初恋的人都想利用你,你就是用来招揽顾客的大喇叭,你就是一个胖乎乎傻乎乎的大喇叭!"

门"砰"地关上,模特们逃了。

"走,我们走!"伍小海拉起了不再哭泣、身体却在痉挛般颤抖的唐媛媛。

"我不走!"唐媛媛坚持着。

"所有人都在利用你!你还不明白吗?"伍小海暴跳如雷。

"你们能出去一下吗?"唐媛媛的声音沙哑。

司徒老总和范丽丽默默离开了。她们面无表情,这也许说明伍小海说得对,她们面无表情,这也许说明伍小海说得不对。

"小海,你坐下。"

"我不坐,这儿太脏了,没有一个地方不脏,我不坐。"

"你坐下!"唐嫒嫒打了伍小海一个耳光。

"你疯了!我在帮你!"伍小海捂着脸,不可思议地看着她,"你可以打我,但是你必须跟我走,我不能让他们再欺负你!"

唐嫒嫒愧疚地用手背抚摸着伍小海的涨红的脸颊:"小海,我们要懂得感恩。"

"哭傻了吧你。你这么委屈,还说什么感恩。要我说,统统把他们塞进马桶里,一泡尿冲走。"

"粗鲁!"唐嫒嫒笑了,扭转手掌,在他脸上轻轻掐了一把,"你以为模特的助理那么好当的。刚来公司的时候我土的不行,要不是丽丽,我还不知道穿松糕鞋会被人笑,还不知道一弯腰就能露出难看的秋裤。那会儿我什么都不会,司徒老总给我工作,给我机会,就是帮了我。她们帮了我,也是帮了你,我在这里工作,你才有机会走T台。"

"我进公司和别人没关系,都是因为你。"伍小海有些妥协了。

"她们都是好人,好人也有利益心,好人也要赚钱养家,她们想通过我赚钱养家没什么不对,毕竟他们的态度很直接,她们没害我,让我知道她们在通过我赚钱。"唐嫒嫒带着香甜的笑容说,"小海,我们留下好不好?我希望你能成为名模,你走在T台上一定特别帅。可惜上次时装秀让我搞砸了,要不然,你就有机会走T

台了。"

"你怎么总为别人考虑,你干吗总对别人那么好?"

"你希望别人对你好吗?"唐媛媛反问他。

"无所谓。"

"我们对别人好,别人也许不会对我们好,如果我们对别人不好,别人一定不会对我们好,所以我们要对别人好。"唐媛媛目光充满了神往,"现在别人先对我们好了,我们一定要对别人好。这样我们才能在这个城市站稳脚跟,你才可能成为世界级名模。"

伍小海无奈地摇头:"你为什么对我那么好?"

"我是你的姐姐呀。"

"姐姐也是小姐姐。"

"小姐姐也是姐姐。"

"要是我们一直对别人好,别人一直对我们不好呢?"伍小海看着唐媛媛,他觉得这个胖乎乎的小姐姐有着某种不可言说的神圣。

"管他呢。哈哈!"唐媛媛的笑声像风铃。

感恩就是对别人好,对别人好,别人才有可能对我好。唐媛媛的处世哲学正在潜移默化地影响着伍小海。

"你可以使点劲。"伍小海把胳膊放在了唐媛媛面前。

唐媛媛摇摇头。

伍小海舔了舔自己的胳膊:"我天天洗澡,不咸。"

唐媛媛抓住伍小海的胳膊,却在自己的手上咬了一口:"好了,糖球球复活了,我们开始工作吧!"

这个城市的天空在唐媛媛的眼中曾是一望无垠、阴冷灰暗的雾霾,她孤零零地在雾霾里飘荡,无风无浪无人陪伴,后来她成了初恋天使,这片天空变得阳光灿烂,然而阳光太过灿烂,她来不及保护自己便被灼伤了。如今这片天空恢复了正常,如同乡村、草原的天空祥和碧蓝。痛哭之后,她恍然了,原来云是倒悬的小猪,虽然在不属于它的天空奔跑,但它是快乐的,它终将会变成一头雪白的小猪,一朵如小猪般雪白的云。

"狂奔吧,小猪!"唐媛媛在心里呐喊着。

18
湿漉漉的快乐

当天下午发生了几件小事——

小事之一：模特们对唐媛媛还是不冷不热，她们不会让她端茶倒水按摩捏脚，也不会叫她天使妹妹。也许她们相信她没有魔力，也许她们觉得她是个心机很重的女孩。唐媛媛心里说，管他呢。

小事之二：唐媛媛无意中听到了范丽丽和伍小海的对话。范丽丽说："你是球球的堂弟还是表弟？"伍小海说："你是想问我们什么关系吧？我是她弟弟。"范丽丽说："弟弟有很多种，到底是哪种？"伍小海说："弟弟就是弟弟，哪有那么多种，反正不是干妈和干儿子那种关系。"范丽丽忽然笑得很夸张，夸张到了把手机抖到了地上。伍小海捡起她的手机，看到手机上的照片。那是唐媛媛和帅哥警官的照片。范丽丽说："这是哪来的照片？想起来了，我今天上班的时候看见了球球，我就追她，谁知道她去了刑警队，还跟一个帅哥警官有说有笑，哎，她认识的人还挺多的。"伍小海说："你把她拍得真难看。"伍小海说完就删掉了照片。

小事之三：唐媛媛在微博上看到了一张照片。那是踩踏事件发生后，记者在酒店门口拍的照片。照片的中央是冲出酒店的人群，黑娃和老九站在照片的右下角，像是正在看热闹。唐媛媛很奇怪，他们为什么会出现在哪里？

小事之四：奔驰男带着波西米亚女模来到了公司。他们刚刚领了结婚证，给唐媛媛送来了喜糖。奔驰男想请唐媛媛帮个小忙。他经营的公司专门给一些名牌珠宝店提供精美奢华的包装盒。他希望唐媛媛给盒子拍广告，做代言人。他担心现在拍广告会给唐媛媛造成困扰，他提出先签约，先付款，拍广告的时间由唐媛媛决定，一年两年之后，或者十年之后都可以。盒子用什么代言人，干吗非用唐媛媛不可？奔驰男分明是想用这种方式报答唐媛媛。唐媛媛谢绝做代言人，不过她答应了广告的拍摄，她希望让伍小海、范丽丽和公司的几个女模拍广告。现在就拍。唐媛媛对伍小海说："你看，对别人好，别人就会对你好。"

几件小事联系起来，似乎在酝酿着一件大事。唐媛媛抬头看看天上的云，似乎担心那只倒悬在空中的小猪跌落下来，也似乎在安慰那只小猪，它一定会变成一朵雪白的云。

司徒老总面露愧疚，也许是伍小海的话提醒了她，为了成功，她忽略了太多，反正已经等了很多年，再等些日子又何妨。也许是唐媛媛给公司拉来的盒子广告让她心情好转了一些。总之，她不再管唐媛媛叫天使，也不叫球球，而是叫妹妹。范丽丽像是什么都没发生过一样，还是大大咧咧地球球长球球短，她把盒子捧在手里说，盒子这么小，怎么装得下这么多的白日梦呢？

第二天，奔驰男带来了几个精美的盒子，那些价值百万的名贵珠宝是红花，它们则是绿叶。奔驰男讲解了设计盒子时的创意构思，那是模特们需要在广告中重点展示的元素。司徒老总、范丽丽、伍小海都参与了讨论。唐媛媛忙着给他们端茶倒水。讨论结束时，她把靠近盒子的奔驰男拉到一旁低声问，盒子是不是很贵。

"好马配好鞍嘛，肯定不会太便宜。"奔驰男读懂了唐媛媛的表情，"这些是样品，工作的时候我还要用，等批量生产了，每种盒子我送都你两个。"

唐媛媛在众人目光的注视下憋红了脸，但还是点点头。

范丽丽买了副可以遮住半张脸的墨镜，她觉得只有这样才更像侦探。虽然伍小海对唐媛媛和帅哥警官的照片没做评论，但照片证明了她是名成功的侦探。她昨天开始跟踪伍小海。她很气愤，原来下班后唐媛媛和伍小海也走在一起，还一起走进了唐媛媛居住的小区。

"和胖妞同居很痛苦好不好，她吃相很难看好不好，她鼾声很大好不好？"范丽丽对着两人几乎快要融合为一体的背影大喊。

急躁和愤怒会把人变成半个白痴。果然，范大侦探失败了。她跟踪进了唐媛媛的小区，看到两人分开，看到唐媛媛走进住宅楼，看到伍小海走进了另外一栋楼，却没看清他走进了哪个单元，也没看清他住在几层。范丽丽还是很高兴，这起码能证明他们没有同居，但她很快就高兴不起来了，他们竟然住在一个小区，这岂不是意味着他们随时都可以见面！她差点立即朝附近的房屋中介中心飞奔而去，她也要在这个小区租一间房子。范丽丽不想继续扮演半个白痴的角色，她决定继续蹲守，一定要搞清楚伍小海的具体住所。

从下午到日落，从日落到月上西楼，伍小海始终没有下楼。范丽丽意识到自己蠢了，明天再跟踪多好，何必这么着急。她捂着咕咕叫的肚子，决定再等一个小时，深夜的守候可以深入了解伍小海。有的男人白天是西装革履的绅士，晚上是皮毛光鲜的豺狼，如果伍小海在深夜去酒吧，去"嗨歌"，或者"摇一摇"把个妹，她就要慎重考虑了。她成功摆脱了无数色狼的罗网，不能掉进初恋的陷阱。

漫长的等待中，范丽丽看见了两个扛着长枪短炮的记者，他们从小区的灌木丛里爬出来，捶打着酸痛的腿缓缓离去。范丽丽心里鄙视着不敬业的狗仔队，随后不间断地表扬了自己五分钟。

伍小海终于下楼了，但范丽丽担心的一幕也出现了。范丽丽逐渐看清了，伍小海的怀里抱着一只瘦小的猫。范丽丽无奈地哀鸣着，小鲜肉保护神，大半夜你遛猫啊，猫能遛吗，它不会乱跑吗？

瘦小的猫没有乱跑，它乖乖地围着伍小海喵喵地叫着。很快，一条肥嘟嘟的大狗从远处跑来，用湿漉漉的舌头舔着小猫的小脑袋。大狗的身后滚动着一个身影，那个身影属于唐媛媛。

夜半三更来约会！够浪漫的，应该说够浪的。范丽丽在心里咒骂着，随后她否定了自己的猜测，一定是唐媛媛担心无孔不入的狗仔队，才会在半夜出来遛狗。要不然她怎么还戴着口罩，头上还扣着鸭舌帽。她照猫画虎，按照狗仔队的套路，钻进灌木丛，悄悄靠近他们。一定要靠的足够近，不然听不到他们在说什么，又不能靠得太近，不然那条大狗会立即报警。范丽丽很快体会到了狗仔队的辛苦，地上的树枝刮痛了她的腿，不知名的虫子在不远处蠕动。

唐媛媛极力阻止着"汪汪汪"湿漉漉的亲吻，对它说："好了。别给喵喵喵洗澡了！"

"算不上洗澡，也就是洗个头。来，哥给你个中分式。"伍小海微笑地看着它们。

"汪汪汪"和"喵喵喵"混熟了，和唐媛媛、伍小海也混熟了，不再担心因为招惹"喵喵喵"可能引来抛弃之祸。"汪汪汪"有一条永远湿漉漉的大舌头，它用舌头表达它的欢喜，它的快乐。它在唐媛媛的脖子、手上、袜子上表达着快乐，在伍小海的脚踝表达着快乐，在"喵喵喵"的脑袋上表达着快乐。"喵喵喵"的小脑袋还没有唐媛媛的拳头大，很快就快乐成湿漉漉的一团了。

"你是不是虐待'喵喵喵'了，它怎么还这么瘦。"

"它比'汪汪汪'吃的还多，就是不胖。"

唐媛媛心有不甘，她以前想养一条超级肥猫，可是"汪汪汪"在"喵喵喵"之前成为她的伙伴。她想好吧，我要一只超级瘦的狗。"汪汪汪"却在极短的时间里迅速发胖，伍小海每次都嘲笑"汪汪汪"是气球狗，唐媛媛一口气就把它变胖了。"我哪有那么大口的气。"唐媛媛快要气晕了。两个小家伙刚到家里的时候，她担心"喵喵喵"欺负"汪汪汪"，便让伍小海先养着"喵喵喵"，现在"喵喵喵"倒是不欺负"汪汪汪"了,"汪汪汪"却变成了亢奋的家伙。每次"喵喵喵"在她那里留宿,它会彻夜狂欢,用湿漉漉的舌头到处留下快乐的痕迹。"喵喵喵"只好一直留在伍小海的家里。

"知道我为什么喜欢宠物吗?"唐媛媛看着两个小可爱,满眼都是爱。

"可爱嘛,女孩子都喜欢宠物。"

"当父母的辛辛苦苦把儿女养大,儿女大了,父母也老了,儿女再给他们养老送终。我养个宠物就可以先当父母,把'汪汪汪'和'喵喵喵'养大了,再给它们当儿女,给它们养老送终,我的人生是不是就完美了?"

范丽丽听不懂唐媛媛为什么说这样的话,她不明白为什么唐媛媛说完这些话,伍小海默默地抹起了眼泪。

范丽丽还是暴露了,那条不知名的虫子逐渐朝她蠕动过去,爬上她的指尖,爬上她的手臂,然后在她的肩头定居了。范丽丽不敢出声,她极力控制着自己,结果这种控制从她的嘴里演变成一种"呼哧呼哧"的怪声。最先发现异常的是"喵喵喵",而不是忙着到处快乐的"汪汪汪"。于是,认为遇到狗仔队的唐媛媛和伍小海迅速消失了。

范丽丽肯定唐媛媛在勾引伍小海,她不仅在生活工作中对他无微不至,还养了一条大狗勾引他的小猫。你个胖妞,养的狗也是肥呼呼、油腻腻,跟她真有姐弟相。

范丽丽从灌木丛里爬出来的时候,在心里诅咒着唐媛媛,她诅咒唐媛媛这个冒牌天使永远得不到真爱!

范丽丽从灌木丛里爬出来的时候,黑娃和老九刚好从她身旁经过。

黑娃说:"好家伙,又碰着一个。还能记住住哪栋楼吗?我们给你送回去。"

老九说:"以后少喝点,一个女孩子,一点都不自重。"

范丽丽的怒火统统倾泻在他们身上:"谁喝多了,谁不自重?我哪儿像喝酒了,老娘还没吃饭呢!"

范丽丽逐渐远去的时候,留下了茫然的黑娃和老九。

"其实我刚才应该这么说。"老九整理着耳边的助听器说,"你这么年轻,咋能给我当娘呢。我还没结婚,不过我想娶一个农村的姑娘当媳妇,要不等我结婚了你给我当二奶?"

"为啥是二奶,不是小三?"

"我也不知道,反正和咱们是同行,都得偷嘛。小偷找二奶,贼对贼,偷对偷,谁也别嫌弃谁。"

"你那是马后炮。"黑娃陷入沉思,"现在的城市人都怪,40多岁说人家还是女孩子,十几二十岁说自己是老娘。"

老九说:"你懂啥。知道啥叫老要张狂少要稳不?"

黑娃抽打着老九的头:"就你懂,你全懂!那叫老要装嫩,少要卖老。"

"找着唐媛媛和那个伍小海住的地方了,下一步咋办?"老九躲出去老远。

"咱就这点本事,干老本行吧。"黑娃一副成竹在胸的模样。

"你又要抢啊?"

"我啥时候说抢了,我说偷!"黑娃冲过去,又要开抽。

"你哪次都说偷,哪次都变成抢了。"老九拔腿就跑。

"还敢顶嘴!还钱!我不要你的白条子,我妈过五十大寿,我姐结婚,我大侄子出生、满月、过百天,你给的都是白条子,我大侄子都五岁了……"黑娃紧追不舍。

"我奶奶去世、我大姨改嫁、我小姑嫁闺女,这数都数不过来了,你的也是白条子……"老九加快了速度,助听器随着他的奔跑上蹿下跳。

19_
私奔的盒子

唐媛媛还是小助理的时候,每天都是第一个到公司,第一个擦桌拖地,第一个端茶倒水。当然,除了她擦桌拖地端茶倒水,没有人会干这种活。自从她"被"成为初恋天使,尤其是在时装秀之后,她成为最后一个到公司的人,不再擦桌拖地端茶倒水。模特们哪里知道她心情压抑,彻夜难眠,只是交头接耳地说耍大牌装大咖。即便知道她心情压抑,彻夜难眠,也会交头接耳地说她还没长翅膀就耍大牌装大咖。

唐媛媛又是最后一个到了公司。她和伍小海一同出门,一起走在去公司的路上,她中途又是去了一趟刑警队,见了见帅哥警官。回到公司,刚一进门唐媛媛就知道又出事了。模特们的脸上不再是那种不愿恭敬而又不得不恭敬的神情,是隐藏着幸灾乐祸的鄙夷。

唐媛媛看见奔驰男正在和司徒老总、伍小海几个人讨论广告方案。司徒老总似乎想对她说什么,奔驰男立即用话堵住了她的嘴。

奔驰男说，没盒子一样可以讨论，反正大伙都见过盒子了。司徒老总便不再说什么了，几个模特拼命调整着表情，想在最短的时间里找到最合适的表情化解尴尬。

唐媛媛在道具间找到了范丽丽。进门的那一刻，范丽丽慌乱地站起身，把什么东西藏在了身后。唐媛媛问她今天公司怎么有点不正常，范丽丽说公司从来也没正常过，不正常就是正常。

唐媛媛百思不得其解，直到她在洗手间听到隔壁女孩的话。隔壁女孩正在给男朋友打电话，她说，大姨妈来了，真烦。她说，初恋天使原来手脚不干净。她说，我怎么乱说话了，公司的盒子丢了，就是她偷了，她昨天想要盒子，人家没给她。她说，她还以为没人知道呢，现在整个模特圈都传遍了。她说，什么初恋天使，就是一个母贼。她说，来大姨妈了，真烦，晚上不能"嗨皮"了。唐媛媛明白了，原来盒子丢了，原来所有人都认定是她偷走了盒子。

唐媛媛冲进会议室，把肩上庞大的购物袋甩得飞了起来。在众人惊诧的目光中，"哗啦"一声把袋子里的东西统统倒在了桌上。

"镜子、眉笔、手机、钱包、减肥药、漫画书、纸巾、钥匙、唇膏、口香糖、护手霜、雨伞、发卡、零食、零食、零食……"唐媛媛把包里的东西一件件摆好，抓起空的购物袋用力抖动，"有盒子吗？看清楚了，有没有？"

"有没有盒子？都看清楚了。"唐媛媛把东西一件件放进了庞大的购物袋，"零食、零食、零食、发卡、雨伞、护手霜、口香糖、唇膏、钥匙、纸巾、漫画书、减肥药、钱包、手机、眉笔、镜子！是不是没有，是不是没有盒子？是不是！"

唐媛媛冲进道具间，从慌乱的范丽丽身后扯出紧握的东西。那是一个血迹斑斑的十字绣。

"你来大姨妈了！"唐媛媛嚷了一句便冲了出去。

唐媛媛打开了公司所有的抽屉，唐媛媛挪开了所有的桌椅沙发，唐媛媛翻开了所有的文件夹。唐媛媛不停地喊着，我不是小偷！我不信找不到！

"唐媛媛！你够了吧！"司徒老总的一声怒吼让唐媛媛安静了下来，"谁说你偷盒子？你脑子长脚气还是长痔疮了？人家都说了，盒子本来就是要送给你的，你的盒子没了就是丢了，丢个东西，你发什么疯！"

"你们嘴上没说，心里说没说？谁敢说她心里没说我是小偷？"唐媛媛觉得自己的头发似乎都立了起来。这就是怒发冲冠吧。

"天使，对不起，是我的错。"奔驰男似乎想熄灭唐媛媛的怒火："我想起来了，我昨天走的时候把盒子带走了，我给忘在家里了。是我的错。"

"昨天我最后走的，盒子就在桌上放着呢。"一个模特说。

"盒子没了？没人拿就没了？私奔了吧？"另一个模特说。

"盒子早就拿回家了吧，还装模作样找什么呀……装的太假了，30迈的智商还想装玛莎拉蒂呢……不就能帮别人找初恋吗？好像全世界都是她的，摆什么谱啊……她就是上帝喂的猪，上帝的饲料真好,把她喂养的那么肥……上帝是想组织世界杯,把她当球踢……能找初恋,自己怎么没男人要……今天欺负这个,明天欺负那个,是不是想把楼拆了……"模特们交头接耳地说着。

"我辞职!"唐媛媛抓起庞大的购物袋,离开了公司。

唐媛媛的决定太突然了,突然到任何人都来不及阻止她,她的决定太突然了,突然到离开公司的时候,她才意识到她刚刚做了一个什么样的决定。那一刻,她似乎看见了那只在狂奔的小猪从空中跌落。

狂奔的小猪是一朵云,云从空中跌落便是雨,雨挂在脸上便是泪。唐媛媛却没有流眼泪,她感觉到一种奇妙的超然的解脱。

伍小海在小区门前追上唐媛媛的时候,她正在盘算找一个什么样的新工作。

"我想搬家。"唐媛媛心平气和,像是从未发生过什么。

"搬吧,一起搬。"

"你不用搬,这儿离公司近。我走了,你要留下,你要成为名模。"

伍小海努努嘴:"我知道了。"

"我要找一个新工作,找一个不和人打交道的新工作。"

"你在逃避吗?你不是说对别人好,别人就会对你好吗?"

"我只想安静一段时间。如果是和人打交道的工作,他们会认出我,还会让我帮他们找初恋,我还会'毁'人不倦。"

"哪有不和人打交道的工作?饲养员吗?"

"我看见丽丽在学刺绣,她肯定是给你绣的,你不是男孩子了,你是男人,男人要学会自己处理事情,男人不能伤害对你好的人。"

"我没想伤害你。"

"少打岔。盒子的事你不要管了。"

"晚上你想吃什么?"

"不吃饭,不遛狗,别搭理我。"

唐媛媛一回到家里,"汪汪汪"便扑过去,送给她湿漉漉的快乐。唐媛媛似乎失去了所有的力气,她坐在地上,紧紧抱着"汪汪汪"的脖子。

唐媛媛对"汪汪汪"说:"怎么会这样?我以前不是这样,怎么忽然就忍不住了。'汪汪汪'你说这是为什么?为什么我总会把事情搞砸,为什么事情一直进行得很顺利,我总会在最后关头把事情搞砸?我完全可以再忍耐一下,是不是我还不够成熟?今天糗大了,我'毁'人不倦,这次把自己毁了。我真的应该再忍耐一下,我一直都能受委屈,为什么今天就忍不住了?"

一行清泪从唐媛媛的腮边缓缓滑落。"汪汪汪"低鸣了一声,用湿漉漉的舌头舔了舔她的脸。

"谢谢你,'汪汪汪',你最好,最乖。"

"汪汪汪"却不顾唐媛媛的感动,缓缓躺在地上,轻轻抖动着四条肥腿。

"你干什么呀,我的眼泪有毒吗?"唐媛媛朝"汪汪汪"扑去,"我要吃狗肉,我要吃狗肉!"

夜深人静的时候,唐媛媛打开了微博。关于她的微博还是那么多,那么五花八门。有人感谢唐媛媛,他向追求多年的女孩表白,谎称受到初恋天使的点拨,女孩竟然同意了。有人提醒唐媛媛防备那些打着她旗号的骗子。昨天晚上,在某个酒香四溢的同学会上,一个郁郁不得志的男同学骗子PS了一张和唐媛媛的合影,扬言自己是初恋天使的徒弟,并成功地让所有人相信他具有一定的魔力。于是这个男孩在KTV的某个房间连续向六个女同学海誓山盟,连续对六个女同学说她是他的初恋,连续索取了六个女同学的香吻。据说第一个女同学用的是草莓味的唇膏,第二个女同学的唇膏是橙子味,第三个女同学的唇膏是香草味的……于是他被人称作"唇膏屠夫"。最可笑的是,房间是半透明的,唇膏屠夫的屠唇行动被十几个服务生看见,变成了现场直播。

夜深人静的时候,一个善良的、有智慧的男子在唐媛媛楼下出现了。他是善良的,有智慧的,为了不打扰别人休息,他丢掉了电喇叭,用点燃的蜡烛摆出字给唐媛媛看。他说,他认为做爱是表达爱的最直接方式,他没完没了地和初恋做爱,结果吓跑了初恋,他也患上了性瘾症。他不想当"瘾君子",他要找回初恋。他用蜡烛摆出的字问唐媛媛,找回初恋是不是要回到从前,是不是要穿越,他说他不敢摸电门,不敢跳楼,只能吃没有任何刺激性的毒药,不过这样像是自杀,不像是穿越。唐媛媛站在窗前,拿出手机,默默拨通了附近小超市的电话,这家有送货上门服务。唐媛媛告诉小超市，她楼下的智慧男子需要十箱蜡烛。

所有的荒诞和快乐都该结束了。唐媛媛发了一条微博，她依旧不能承认自己没有魔力，不然司徒老总、香帅、奔驰男都会质疑自己的幸福。她发微博说，她帮人找回初恋，不会收一分钱，她没有徒弟、弟子、助理、副总经理，她的魔力消失了，她祝天下有情人花好月圆。

唐媛媛要滚瓜溜圆地睡上一觉，她一定能滚瓜溜圆地睡上一个好觉。

20_
美食地图

天黑的时候，范丽丽在唐媛媛的门前敲了半个小时的门，她打不通她的手机，她知道她正在用滚瓜溜圆的睡眠给自己疗伤。第二天一早，范丽丽又敲了几分钟的门，但她很快站到了小区门前，快到上班时间了，伍小海就要出现了。

郁郁寡欢的伍小海走出小区，和范丽丽并肩走在去公司的路上，听范丽丽说了许多担心唐媛媛的话。他看得出范丽丽是真的担心唐媛媛，他也看得出她的担忧后面隐藏着雀跃的快乐，她终于可以毫无干扰地和他接触了。

"球球心情不好，我们就别去吵她了。"范丽丽顿了顿，似乎鼓足了勇气才发出邀请，"晚上我们一起吃饭吧。"

"好。"

"真的？"范丽丽激动得快把自己的嘴唇咬破了。

范丽丽做了无数种设想，伍小海拒绝她的时候她应该做什么样的表情，摆什么样的POSS，说出的话既显得自己没那么急切，又给下次邀请做好铺垫，最好能让他带着歉意确定下一次约会的时间和地点。范丽丽做了无数种设想，但其中只有一种设想是伍小海接受了她的邀请。想到这里的时候，她轻轻抽了自己一巴掌，骂自己是幻想型花痴。

"你有事就算了。"伍小海加快脚步。

"我的事就是陪你吃遍全世界！"范丽丽得意忘形，说出了自己最大的心愿。

范丽丽不敢再乱说话，唯恐伍小海反悔。她的白日梦开始变成现实，她在想吃完饭他们去做什么，伍小海不会是暗骚小鲜肉吧，他要是提出饭后找个酒店休息一下怎么办？他要是想去她的家里坐一坐怎么办？他要是说他的电脑坏了，想请她帮忙修理怎么办？她希望伍小海这样，她甚至现在就想扮成兔女郎躺在酒店的床上，千种风情、万种妩媚地等待她的小海哥哥。她又不希望伍小海这样，恋爱应该是漫长而浪漫的，他们应该在四五次约会之后眉来眼去，再四五次约会之后牵手，再再四五次约会之后再亲吻，再再再四五次约会之后法式深吻……范丽丽狠狠掐了自己一把，她骂自己没出息，她已经忍不住想要装扮成兔女郎的模样了。

回到公司，范丽丽又把自己关进了道具间，拿出了十字绣。她一直想送伍小海一件礼物，思来想去，她觉得必须要送一件有诚意，有爱意，有共同爱好的礼物。幼儿园的伍小海曾送过她油炸臭豆腐，她也因此爱上了油炸臭豆腐。但她总不能绣一副油炸臭豆腐吧。可她是美食活地图，她买来十字绣，在上面画上了当地的地图，要把分散在城市各个角落的美食都绣出来。范丽丽是个"富养女"，算不上富裕的家人从小对她百依百顺，唯命是从，她至今五谷不分，油盐酱醋不分，洗衣液和消毒液不分，更不要说刺绣女红。她是笨拙的，手指被针扎成了血葫芦，在地图上留下了斑斑血迹。她很高兴，似乎地图变成了爱情的血书，无声地向伍小海宣讲誓言，巧妙地讲述她的良苦用心和"冬雷震震，夏雨雪，天地合，乃敢与君绝"之情。然而，昨天唐媛媛冲进道具间时说的那句话提醒了她，是啊，这么多的斑斑点点，伍小海收到礼物以后不会真的以为这是月经血吧，太恶心了！

范丽丽没心思绣十字绣，她常常会停下来，痴痴傻傻地胡思乱想。司徒老总给唐媛媛设计的那件白色拖地长裙就挂在旁边，她眼也不眨地盯着它，它似乎变成了婚纱，带着伍小海的拥抱，铺天盖地般笼罩下来。

伍小海一整天都郁郁寡欢，他和范丽丽一起走出公司的时候也是如此。范丽丽相信过了今晚，伍小海便会忘了她的种种不好，忘了唐媛媛圆滚滚的肩膀、晃悠悠的肚腩和笨拙的小短腿。她相信伍小海有了自己的陪伴，审美便会健全起来，他会明白窈窕长腿，窈窕长腰和窈窕长睫毛才配得上他那副小鲜肉的嫩皮囊。

"想吃什么，我请客。"范丽丽信心满满地看着伍小海，她是天文地理历史化学统统不懂的人，但是要说吃，她是当仁不让的宇宙第一嘴。

"你邀请我，当然是你请客。没想好吃什么，你请什么客？"

伍小海的话不仅郁郁寡欢，而且乱箭纷纷。

"吃海鲜往东走。"范丽丽的嘴里响起如汽车导航仪一般的声音，"前方500米左转，经过第一路口……吃日本料理往南走，请注意，前方限速50公里……吃泰国菜直行，经过第一个红绿灯直行……"

伍小海走到油炸臭豆腐的小摊旁边："要不要吃？"

"吃吃吃！"范丽丽心里狂笑，在心里狂叫"真懂事"，第一次约会当然要提到他们的红娘——油炸臭豆腐。

卖油炸臭豆腐的小丫头殷勤地奉上了两盒油炸臭豆腐，还免费送了两瓣大蒜。范丽丽是她是最忠心的主顾。她身上的衣服、脚上的鞋和男朋友亲热时用的套套，都是用从范丽丽那儿赚来的钱买的。两人离开时，小丫头忙不迭地跟帮忙的男朋友炫耀，范丽丽是她最忠心的主顾，她就是初恋天使的闺密。小丫头必须不断提及初恋天使，强化男朋友的记忆，让他潜意识里坚信他们的爱情是受到了天使的祝福。小丫头和男朋友确定关系完全是因为她对他说，初恋天使认为她的摊位前景辉煌，只要她坚持下去，油炸臭豆腐将成为国际化的品牌，到时候加盟的连锁费就足以让她登上各种富豪榜了。她准备去注册一个专利，名字就叫"天使牌臭豆腐"。

小丫头的兴奋劲很快被愤怒代替了，她跑过去拦住了范丽丽和伍小海。

"我以前从来不准备大蒜，你知道吗？"小丫头义愤填膺。

"谁吃臭豆腐就大蒜啊，都是为了你，我才准备大蒜。你知道

吗?"小丫头咄咄逼人

"现在大蒜多少钱一斤,你知道吗?我送你大蒜,你还偷我东西,太不应该了,你知道吗?"小丫头不顾男友的阻拦,声嘶力竭地喊着。

"我看你这个小姑娘不错才照顾你生意,你怎么乱说话呢。"范丽丽很克制,她不想让任何不快影响第一次约会。

"谁用你照顾啊,你是嘴馋!"小丫头伸出手,"拿出来,我以后还白送你大蒜,快点啊,那是我男朋友送我的第一个礼物!"

范丽丽的第一次约会遇到了臭豆腐小丫头的第一个礼物。小丫头收到的礼物是一大盒巧克力。一大盒巧克力分为九个小盒子,每个盒子都装有不同形状的巧克力。范丽丽和伍小海来到摊位的时候,她刚打开了第一个小盒子,把第一块巧克力塞进男友的嘴里。

"肯定是你,你离盒子最近!"小丫头像是想用狮子吼剥光伍小海,让无从依托的小盒子掉到地上。

"再胡说,我抽你!"范丽丽终于忍耐不住,她终于等到了美女救英雄的绝佳机会。

"偷东西还想打人,来啊,我非炸了你不可!"小丫头寸步不让,范丽丽在捍卫心仪的小鲜肉,她则是在捍卫爱情的象征。

"一个盒子,算了吧。"男友有些不耐烦。

"我要留着做纪念。"小丫头有些心虚了,她不想让男友认为她是个极端刁蛮的准泼妇,可为了爱情,她不能妥协。

"送礼物要送一个贴身的嘛。发卡,耳环之类的都可以。这个给你，给你女朋友重新买个礼物。"伍小海拿出一张钞票递给小丫头的男友，随后指着小摊说，"冒烟喽，盒子会不会掉进油锅里了？"

小丫头和男友掉头就跑。

"你真聪明。肯定是掉油锅里了。"范丽丽恨恨地说，"其实你没必要给她钱。"

伍小海不置可否地点头，还是一副郁郁寡欢的模样。

"吃什么你做主吧，往东往南还是直行？"范丽丽走得很慢，下班前她特意返回住所换了一套衣服，还有一双十厘米的高跟鞋。她涂着红艳艳的唇膏，穿着红艳艳的裙子和红艳艳的高跟鞋，像一个被泼了一身红油漆的红艳艳的新娘。她听人说，鲜艳的颜色可以激发性欲。

"有它就不错。"伍小海吃了一口臭豆腐，把剩下的交给她，"我吃饱了，你帮我吃吧。"

范丽丽心里窃喜，知道我喜欢吃就都给我了，要不要这么心疼我，要不要这么宠我！

范丽丽说："还记得吗？在幼儿园的时候，你对我最好，你把臭豆腐给我吃。"

"不会吧。我记不清了。"

"就是！你多吃点吧，我知道你也喜欢吃臭豆腐。"

"我好像有点印象。"伍小海看着脸上泛起红晕的范丽丽说，"那是我第一次吃臭豆腐，简直太难吃了，可是我又舍不得扔了，我就顺手给你了。"

"你……你这个冷笑话好冷啊。"范丽丽开始狂笑,她想用狂笑掩盖自己的尴尬。她脸上的尴尬像是掉进油锅里的臭豆腐,噼噼啪啪叮叮咚咚咯咯吱吱乱响。

"所以,一切都是误会。"伍小海说,"我知道这么说会伤害你,如果我不说,你会伤得更深。抱歉,我当初不该让你误会,现在我不想再让你误会了。"

伍小海郁郁寡欢离去的时候,范丽丽坐到了地上,高跟鞋的鞋跟断了,她也像被一种无形的巨大力量从中间掰断了。大长腿,大长腰和大长睫毛统统都被掰断了。

真是个笑话!范丽丽赤脚走在路上。成人用品店在哪里?范丽丽横冲直撞地走在路上。兔女郎衣服哪里有卖?范丽丽赤着脚横冲直撞地走在路上。

范丽丽买了一整包口香糖塞进嘴里,大蒜的味道太浓了,可是嘴巴好酸!范丽丽买了一瓶白酒,咕咚咚灌进肚子里,又把一整包口香糖塞进嘴里,酒味太浓了,可是嘴巴好酸!

嘴巴好酸,赤着脚,横冲直撞的范丽丽决定了,有误会不可怕,那就重新开始吧!老娘有大长腿大长腰大长睫毛,还怕你不跪?老娘有银拳金脚铁板腰,还怕你不从?

21_
谁的盒子堆成山

站在电梯前的时候,范丽丽觉得糟了,她喝多了,天花板和地板在她眼前挤眉弄眼,上下碰撞。范丽丽很快又得意起来,很好很好非常好,就给你这个小鲜肉一个伺候我的机会,就给我一个酒后乱性的机会。在电梯里摇摆的时候,范丽丽觉得糟了,她只知道伍小海住在这栋楼这个单元,但不知道是几层。她只记得电梯是从九层下来的,于是就上到了九层。

九层有五户人家,范丽丽决定一户户敲门,她什么也不怕,最多被人家骂一句"酒疯子",骂一句"女孩子,一点都不自重"。范丽丽很顺利,她还没开始逐户敲门,伍小海就出来了。因为她吐了。她像是一辆洒水车,她沿着墙角滑行的时候,嘴巴把整瓶白酒完好无损地喷在了地上。

"你怎么在这儿?你住哪儿?"伍小海扶住她,想送她回去。

"你脑子让猪啃了?你家就在这儿,去我那儿干吗?"范丽丽醉了,但心里清醒。她清醒地决定继续装醉。

"这才几分钟,你就喝多了,和谁喝的?"伍小海进退两难,他不想把范丽丽带到家里。

"困困困……"范丽丽顺势躺在他的怀里,手趁机在他胸前抓了一把。好大的胸肌,原来小鲜肉保护神是个"穿衣显瘦,脱了有肉"的壮汉。

伍小海松开手,任由范丽丽跌坐在地上。他回到住所,从里面拽出了一个床垫,想把范丽丽放在上面。

"我看着你,放心睡吧。"

"你家里有多少充气娃娃,怕我看见啊?"范丽丽忽然站起来,跌跌撞撞地冲进了伍小海的住所。

伍小海追过去抱住她的时候,她已经瘫软在门里了。

"嘴巴好酸。"范丽丽还在嚼着口香糖。

"你就这么索吻吗?"伍小海不再阻止她了。

"这么说也可以。"范丽丽忽然觉得此时此刻,所有的事情,所有的话都可以和暧昧联系起来。

"那我告诉你,你失败了。"伍小海把床垫拽回去,把范丽丽那双断根的高跟鞋拿回去,"这是你的酒杯吗,怎么有股脚气粉的味?"

"哇,这个大盒子好漂亮!里面的娃娃呢?"范丽丽看到摆在客厅里的一人多高的盒子,盒子是空的,但显然是用来装毛绒玩具的。

"你不介意我参观一下吧。"范丽丽冲向了卧室。她必须让自己清醒过来,她可以先洗个澡,洗澡的时候装作滑倒,或者留个春光乍泄的小门缝。

伍小海当然介意,只是已经没有人可以阻止范丽丽了。

"哇哇哇,这么多盒子!"范丽丽冲进卧室。她看见伍小海的卧室如同储藏间一般,床头柜、椅子上、地上,到处都堆满了精致的盒子。

"你一人住什么两居室啊?"范丽丽想到了什么,她跌跌撞撞地冲进了次卧。然而次卧不是什么藏娇的金屋,也没有合租的美妙女郎。次卧是一个更大的储藏间。几个直达屋顶的架子和衣柜占据了所有的空间,架子上摆着各种各样的盒子。

"这儿还有。"伍小海打开衣柜,里面是各种各样精致的盒子,卖油炸臭豆腐的小丫头丢的巧克力的盒子,范丽丽丢的装手链的盒子,还有奔驰男丢的那个样品盒子。

"你怎么……怎么那么喜欢盒子?"范丽丽彻底清醒了,她有些无地自容,仿佛这些盒子是她偷的,"你的收藏好奇怪。"

"她说我,训我,骂过我无数次。"伍小海像个犯错的孩子,"可我就是忍不住,今天油炸臭豆腐的时候也是,就是手痒痒。我说的她是……"

"我知道你说的是球球。还有什么,都说出来。"范丽丽忽然意识到自己错怪了唐媛媛。偷盒子的人不是唐媛媛!唐媛媛受了那么多委屈,承受了那么大的压力,她却一直就那么看着,连句安慰的话都没说过。

"她对我特别好,什么都为我考虑。我在公司拿了盒子,她也帮我……"伍小海低头摆弄着衣柜的盒子,"我知道最近你对她不好,是觉得她在追我。其实你误会她了,不是她追我,是我追她。我喜欢她。"

"我要是你,我也喜欢她。"范丽丽抓起一个盒子砸在他的身上,"我真是瞎了我的狗眼猫眼壁虎眼,我怎么看上了你这么个窝囊废。她为你做了这么多,别人骂她是小偷的时候,你怎么不说话?"

"她不让我说。她希望我留在公司,她希望我成为世界级的模特。"

"球球太他××的伟大了!"

伍小海摆弄盒子的动作忽然快了起来:"不对。"

"肯定不对啊,偷了这么多盒子能对嘛。"

伍小海翻看着架子上的盒子,随后跑到卧室又开始翻找:"不对,有人来过我的房间。"

"来找盒子的吧?"范丽丽懒洋洋地靠着门框,"偷了那么多盒子,人家回来找也没什么稀奇的。"

"你不懂!她有危险!"伍小海说完便冲了出去。

"怎么回事儿啊?等等我。"范丽丽挥舞着断跟的高跟鞋追了出去。

伍小海用钥匙打开唐媛媛的房门的时候,范丽丽还是有些惊讶。她不停追问着出了什么事,唐媛媛为什么不在房间,她不是应该躺在被窝里滚瓜溜圆地酣睡吗?

"别说话,我想想。"伍小海焦躁地在房间里转了几圈,"想起来了,她在'出走的亚当'!"

"那儿不是情趣酒店吗?她没工作了,也不至于这么自暴自弃吧?"范丽丽的目光到处乱窜,似乎想从房间里找出几个盒子。她没有看到盒子,但看到了一人高的毛绒玩具,装玩具的空盒子在伍小海的住所。

"跟我走,快点!"伍小海从鞋柜里拽出了一双帆布鞋,丢给了范丽丽。范丽丽比唐媛媛的脚大,于是帆布鞋变成了拖鞋。

去酒店的路上,伍小海不停催促出租车司机再快点。他依旧不愿多说什么,他只是告诉范丽丽,唐媛媛有危险。

"报警啊。你去有什么用,我去也没用啊。对方什么来头啊,是不是想找初恋?这是下了血本了,为了个初恋,都开始犯罪了。"范丽丽一连串的问题统统无声地沉入伍小海严峻的面孔之中。

唐媛媛确实遇到了危险,不过躺在地上的却是两个男人。他们是黑娃和老九。

22_
情趣试睡师

黑娃和老九通过跟踪确定了唐媛媛和伍小海的住所,他们在上班时间撬开唐媛媛房门,但他们没有找到需要的东西。经过几天的跟踪,他们认定伍小海和唐媛媛关系匪浅,于是伍小海的房门也被撬开了。

"这可咋办?"老九很迷茫。

"能让咱们出马的事肯定没那么简单。"黑娃拿着从唐媛媛的冰箱里"借"出来的三瓶饮料:"咱们要用智慧解决这件事。"

黑娃用针管把迷药推进了饮料瓶,之后雄心万丈地出门了。

"能行吗?"老九还是不放心。

"又不是第一次干这事了,哪次出过岔子?"黑娃略有遗憾地说,"唐媛媛和伍小海太不懂事了,也不在家里放点钱,要不是这三瓶饮料,咱这趟可就走空了。走空了可不吉利,要大祸临头的。"

"可不是,要不跟他们借点。咱兜里都干净了,中午那顿饭多亏咱俩跑得快。"

"咱们犯了一个战略性错误。既然要吃霸王餐，吃完要跑，就不能像中午那样吃面条，为了顿面条跑了九公里，跑完之后我觉得好像又饿了。以后吃海鲜，再来瓶茅台。"

"吃海鲜喝茅台，那还跑得动吗？再说了，面馆老板素质不行，跑得慢，海鲜饭店是大馆子，老板素质肯定好，跑得肯定快，咱跑不过。"

黑娃抓起饮料瓶猛砸老九："卖海鲜的是大饭店，大饭店有保安……不过也对，保安跑的肯定快。"

老九用手护住头："记清楚了哪瓶有药，要不咱就别喝了，都给唐媛媛喝，保险。"

"我外号为啥叫过目不忘，就是记性好。"黑娃摆弄着三瓶饮料说，"你看，可乐没药，雪碧没药，橙汁有药，可乐没药，雪碧没药，橙汁有药……这还能编个顺口溜，可乐没，雪碧没，橙汁有，可没雪没橙子有，雪没橙没可乐有……"

"你在心里念吧，跟念经似的。"

"我就念，我就念，雪没橙没可乐有……"

黑娃和老九进入酒店，站在414房间门前的时候，黑娃还在念叨着"雪没橙没可乐有"。

"是可没雪没橙子有。这烂记性。"老九提醒着黑娃。

黑娃罕见地听取了他的意见："好好，可没雪没橙子有……唐媛媛咋住这破房间？不吉利啊，是不是？"

老九点点头,随后摘下助听器:"咋没电了。"

"雪没橙没可乐有……"黑娃最后念叨了一遍,拍拍老九的肩膀,"对不对?"

老九使劲点头:"是不吉利。414不吉利。"

黑娃只看见老九点头,没听清他说的话,因为他已经开始用力砸门了。

唐媛媛是别人口中的"墙根女",没谈过恋爱,没牵过手,更没有开房的经验。听到敲门声,她立即打开了房门。

黑娃和老九撞进房间的瞬间,唐媛媛吓坏了,但她很快镇静下来。

"找谁呀?"唐媛媛佯作遇到了老相识,"是你们呀,我想起来了。"

"少说没用的,东西呢?你要是不给,我咔咔咔……"黑娃拿出铁扳手,在床上"咣咣咣"地砸了起来。

"什么东西?你们是不是又没钱吃饭了?你们怎么知道我在这儿呢?跑到这儿找我帮忙来了。"唐媛媛笑容可掬地对黑娃说,"你可比上次见面壮了,是不是找到好工作,再也不会肚子了?看你拿个扳手就知道你是个修理工。在你们老家,你的手艺在全乡是不是最好的?"

想起唐媛媛救济过自己,黑娃绷不住了,挠着头说:"啥全乡啊,全村最好倒是真的。我们村就出去三个汽车修理工,那两个都是废物。你以后有钱买了汽车就找我,保你开一辈子好车。"

"说啥呢?"老九一边鼓捣着助听器,一边趴在黑娃耳边说,"人家是个女娃娃,还给过咱吃的,心挺好的,吓唬吓唬得了,别真下手。"

老九听不到声音,所以他的悄悄话其实是喊出来的。黑娃的耳朵都快震破了。

"我下啥手,我们聊得好着呢。"黑娃推了老九一把。

"可不是嘛。"唐媛媛的目光落在了三瓶饮料上,那是从她的冰箱里拿出来的,看着眼熟。

"你是不是傻?杀了人得坐牢,要动手你动吧,我走了。"老九以为黑娃要对唐媛媛下毒手,转身要走。

"也不是啥重要的东西,你给我就完了。"黑娃一把抓住老九,随后嘿嘿一笑,"这话也不对,要是不重要,我们也不能来找你。反正那东西对你没啥用。"

"你想要啥?有的我一定给你。"唐媛媛笑得香甜。

"说这话我都觉得寒碜,可那东西对我们确实特别重要。就是上次送给你的两个棉花糖。"

"就是一个红的、一个黑的棉花糖?早吃了。"

"都吃了?"黑娃显然不信,"要是还剩下一个,你就给我。那玩意儿到处都是,也没啥稀罕的。"

"没什么特别的还追着我要。"唐媛媛似乎有些伤心,"我还请你们吃过饭呢,那顿饭还比不上两个破棉花糖?再说了,这都多长时间了?我就算不吃,这么热的天也都化了。"

黑娃只有拿出撒手锏，他在心里默念了一遍"橙没雪没可乐有"，把可乐递给了她："把这个喝了。"

　　黑娃和老九的计划很简单，他们迷晕了唐媛媛就可以把她交给老秃子了。至于唐媛媛见到老秃子说什么、做什么与他们无关。

　　"你看上她了？合适吗？论辈分，她是你孙女，反正也行，现在流行爷孙恋。丫头，我告诉你个秘诀，电池没电就咬一口，咬一口就有电了。"老九低着头，他拿出了助听器的电池，用力咬了一口。电池用的时间太长了，上面密密麻麻都是牙痕。

　　唐媛媛没有选择，黑娃的铁扳手正在朝她狞笑。来的路上，饮料装在黑娃的口袋里，随着他的脚步上下颠簸，唐媛媛拉开拉环的时候，发"脾气"的可乐如喷泉一般喷了出来。

　　黑娃立即用双手去接，把接在手里的可乐往嘴里送："败家孩子，这不白瞎了嘛。"

　　"你脑子让驴屁崩了！不能喝！"老九打开了黑娃的手。

　　黑娃惋惜地用枕头擦了擦手："对对，橙没雪没可乐有。"

　　"啥素质，用枕头擦手。"老九抓起窗帘擦他的鞋，"以后用窗帘，窗帘不显脏。"

　　黑娃逼着唐媛媛喝光了剩下的可乐，然后放心地打开了雪碧，雪碧的"脾气"也不好，也喷了出来。于是黑娃又打开了橙汁。

　　"给我喝点，这个人德行不好，老秃子不是说了，独乐乐不如众乐乐。"老九抢过剩下的半瓶橙汁，一口气灌进了肚子里。

　　黑娃收起了铁扳手，盘腿坐在地上："媛媛，听说你是初恋天使,给人帮忙一个帮一个准,给我也帮个忙呗。你放心,给你喝的是迷药,你晕了以后绝对安全,我和老九不能那啥你,比你去酒吧喝多了都安全。我的初恋是白妞,我们村的,人长得可白了,跟出殡用的纸人似的。白!我觉得我俩就跟梁山伯和祝英台一样,你听过那个梁祝的古曲没?我给你唱两句……鸳鸯双栖蝶双飞,满园春色惹人醉……女儿美不美……哎,你到底帮不帮?"

"这是梁祝吗?你最近没少看《西游记》吧?"唐媛媛看到老九前后左右地摇晃着,像是在坐过山车,"有你这么求人办事的吗?又是铁扳手,又是灌药的。"

"我说……咱不是喝错了,我不是跟你说了药在橙汁里呢……"老九话没说完就倒了。

"我问你了,橙没雪没可乐有对不对,你点头了。"黑娃的话说完了,不过他也倒了。

23_
血腥的手术刀

唐嫒嫒确定两人晕倒后立即打了一个电话,那是帅哥警官的电话。电话那端传来"保护好自己,我马上到"的时候,范丽丽和伍小海到了。

"怎么回事儿?死人了?球球,你没事吧?你动的手?"

范丽丽连珠炮一般发问时,伍小海已经紧紧抱住了唐嫒嫒,然后关切地上下打量她。

"我没事,他们把自己迷晕了。我报案了,一会儿警察就来。"唐嫒嫒巧妙地推开了伍小海。

"我就说不让你当什么试睡师。"伍小海心有余悸地踢走了地上的铁扳手。

唐嫒嫒发微博宣布魔力消失后,香帅第一时间联系到了她。唐嫒嫒告诉他,她现在很好,比以往任何时候都快乐。香帅自然不会相信,当他得知她已经辞职,想找一个不和人打交道的职业后,他马上托朋友给她找了这份工作。这是一份和人打交道较少的工作,唐媛媛只需要按照要求，到指定的酒店入住，给酒店的服务、舒适度等方面做出评价就可以了。

"吓死我了，这么个试睡师啊，我以为你也援交了呢。"范丽丽饶有兴趣地在房间里转悠，"球球，我告诉你，这方面我有经验，情趣酒店什么最重要？第一，情趣，这方面太单调，镜子太少，房顶得有镜子，床旁边得有镜子，地板最好也是镜子的；第二，床不能不响，有响声，吱嘎吱嘎的才有情趣，还不能到处都响，那就没法休息了。"

唐媛媛和伍小海都没听懂她在说什么。

"看把你们纯洁的。亲热的时候床得响啊，不响不过瘾，可是人家"嗨皮"够了，想睡觉，就不能响了。所以床的一半要响，吱嘎吱嘎吱吱嘎，过瘾，另一半不响，睡得踏实。"

"难道说'失恋季'和'灰太狼周末'都是假的吗？你怎么懂这么多。"唐媛媛带着狐疑的坏笑。

"我不吃猪肉，光看猪跑行不行？你怎么跟那些男人一样？男的都是那样，你纯真吧，他说你没情趣，你风情万种，十八般武艺样样精通吧，他就说你阅男无数，不是什么好货。"范丽丽绕开了地上的铁扳手，"球球，到底怎么回事？你跟我说说。"

"老秃子来了！"伍小海大喊一声。他一直看着窗外，他想不到老秃子赶在警察之前到了。

"老秃子是谁？"范丽丽朝窗外望了一眼。一个秃顶的中年男性正朝酒店走来。他矮小而强壮，远远看去，像是发霉长毛的麻将块。他的身后跟着六个十几岁的女孩子。她们的步伐和举手投足仿佛在告诉路人,她们目中无人,她们好勇斗狠,她们嗜血成性。

"跑啊!"唐媛媛和伍小海拽着范丽丽跑出了房间。

老秃子是经验丰富的老江湖。他让四个女孩上楼,自己带着两个女孩守在楼下。

唐媛媛是一个合格的试睡师,她不仅对酒店房间布置、舒适度做出评价,酒店整体的布局、装潢也在她的考察范围之内。对酒店了如指掌的她带着伍小海和范丽丽,通过防火通道顺利地离开了酒店。然而,老秃子有着丰富的江湖经验,他出现在消防出口的时候,唐媛媛和伍小海扶着穿着"拖鞋"跟跟跄跄的范丽丽还没有跑远。

老秃子镇静地喊了一声"抓小偷",随后做了一个追击的手势,两个半大的女孩立即追了上去。

老秃子认为自己是一个标准的成功人士,所谓成功人士要有权,要有可炫耀的富裕生活,隆起的腹部,最为关键的一点是缺乏锻炼。缺乏锻炼的老秃子很快就被甩掉了,但是他的声音却很洪亮。

"抓小偷啊!我看病的钱让他们给偷了,我得了癌症了,活不了几天了……"

老秃子的喊声为唐媛媛三人提供了便利,原本人头攒动的街头如同浩浩荡荡的河流,随着喊声,河流瞬间分流,纷纷躲避的人群给唐媛媛三人让出了一条宽阔的路面。她们跑过去后,分流的河水瞬间恢复成原来的样子,成功堵住了两个半大的孩子。

"啥世道嘛!雷锋都种地去了?"老秃子恨得七窍生烟。

人类所有的言行全部源于恐惧。穿着"拖鞋"的范丽丽原本跑得踉踉跄跄,跑得左右摇晃,她还不停地问唐媛媛,为什么要跑啊,警察不是快来了吗?不就是两个小屁孩吗?揍她们一顿不就完了。唐媛媛的一句话让范丽丽瞬间变身为"拖鞋女神",她不仅跑了起来,而且跑得飞快,比唐媛媛和伍小海还快。唐媛媛说,她们要杀了我们!

两个半大的女孩手里有刀,她们被人流堵住的时候,焦躁地用拳头拨开人群,其中一个女孩的手在一个女士的挎包上划了一下。女士继续朝前走了几步,她忽然听到哗啦一声,包里的东西乱纷纷地落到了地上。女士的包被划出了三寸长的口子。女孩们手里有刀,是那种最为锋利,可以割包,也可以要人命的手术刀。

狂奔,狂奔!范丽丽只听到呼呼的风声,看到一个个模糊的影子在眼前晃动。很快耳朵里响起一声尖叫,她什么都听不到了,视线也更加模糊,她感觉到恶心,感觉手脚无力,双脚像是踩在了棉花上。

半大的孩子最为矫健,她们很快追上了唐媛媛他们。

"救……救命……"范丽丽跑得太快太远,她觉得所有器官都不是自己的了。空气好像是从眼睛吸进去,又从指尖吐出去,飞奔的不像是双脚,而是疯狂跳动的头皮。

伍小海扶住了范丽丽,他的状况要比范丽丽好很多。他攥紧了拳头，身上的肌肉逐渐隆起，似乎要对两个半大孩子致命一击。

"你们快跑！"呼吸均匀的唐媛媛从庞大的购物袋里拿出手机和钱包塞进了自己口袋，她把购物袋里的东西统统丢在地上，把购物袋快速缠在了自己的拳头上。她像是戴着一只拳套的拳击手。

"让我保护你！"伍小海挥起了拳头。

"你想打死她们啊！滚，快点滚！"唐媛媛口气坚决，她要面对两个手持利刃的人，她们只听老秃子一个人的话，老秃子教会她们心狠手辣，嗜血成性。

伍小海有一身的功夫，他多年来一直练习截拳道，并研习了各国特种部队的搏击技巧。可以说他学的不是功夫，而是要人命的杀人技巧。两个半大孩子虽然穷凶极恶，但她们罪不至死，伍小海一旦出手，她们非死即伤。

"滚滚滚滚滚！"

唐媛媛呐喊着朝两个女孩扑了过去。女孩们很意外，仓促之中被她打了个措手不及。唐媛媛像是一发愤怒的炮弹，朝着其中一个女孩直冲过去，女孩来不及躲闪，被她结结实实撞倒在地上。另外一个女孩冲过去，用手术刀朝她的脸上狠狠刺了过去。唐媛媛用包裹着购物袋的手握住了手术刀，接着用头狠狠撞在了她的脸上。

唐媛媛跑了起来。两个被激怒的女孩疯了一般追了上去。

"她跑了，她没事，她肯定没事。"伍小海明白了唐媛媛的用意，他也相信唐媛媛不会出意外。唐媛媛是最能跑的人，没人能跑得过她。

伍小海和范丽丽坐上出租车时候,伍小海忽然哭了。他觉得刚才他的相信太侥幸了,唐嫒嫒如果跑不过那两个女孩会怎么样?她们的手术刀会毫不犹豫地刺进她的胳膊、她的腿、她的腹部。他似乎看到了浑身血迹、奄奄一息的唐嫒嫒。

"我为什么不管她!我是个废物!"伍小海号啕大哭。

范丽丽的嘴巴无声地张张合合,她不知道该如何去安慰他。唐嫒嫒会安然无恙吗?谁能保证她安然无恙?他们为什么那么相信唐嫒嫒真的可以甩掉那两个女孩,她是"毁"人不倦的唐嫒嫒,她总在最关键的时刻把事情搞砸。

"为什么每次都是她保护我?刚才我想保护她,我怎么又跑了!为什么?为什么?"伍小海的悔恨变成大滴的泪水。

范丽丽也哭了。她觉得自己一直以来对唐嫒嫒都太自私了。以前她在自私过后都会安慰自己,球球,你放心吧,以后我一定会补偿你。但是当"以后"出现的时候,她还是用自私对待她。她曾经想象过在生死攸关之际,她挺身而出救了她,这样她所有的亏欠便有了结果。她们是闺密,她是她唯一的朋友,她相信自己能做到,一定能做到。然而,想象与现实有太大差距,刚刚她在生死关头又一次选择了自私。

"回去,回去!"范丽丽拼命尖叫。

"掉头,掉头!"伍小海声嘶力竭。

24_
你想成为约翰·雅各布吗？

出租车司机把伍小海和范丽丽送到了派出所。过了半个小时，帅哥警官和他的同事们赶到了。他们抵达"出走的亚当"酒店的时候，老秃子已经带走了被迷晕的黑娃和老九。

"别着急，我会找到唐媛媛的。"帅哥警官说完便开始忙碌起来，他们向上级汇报，调用城市各路口的探头寻找唐媛媛。他们提取了酒店的监控，获得了老秃子、黑娃、老九等人的图像资料，迅速发布了通缉令。

他们焦急地等待着，直到三个小时以后。

范丽丽和伍小海都曾拥有过数不清的三个小时，他们年轻，他们可以肆意挥霍时间，闲聊、玩游戏、逛街、喝酒、做白日梦，无论做什么，三个小时都是微乎其微的。但在等待消息的这三个小时是最漫长、最难熬的，他们想起了很多事，他们想起了唐媛媛胖乎乎的样子和她香甜的微笑，他们想起了唐媛媛总是那么热心，却常会"毁"人不倦，他们想起了唐媛媛总把感恩挂在嘴边，他们想起了唐媛媛说"对别人好,别人才会对你好"。他们不敢去想最坏的结果,仿佛只要去想,它便会演变成事实。可是他们还是禁不住去想了。他们想如果唐媛媛受伤了怎么办?她真的被杀死了怎么办?他们都一样,他们都只有她这么一个朋友。如果她死了,他们怎么面对自己今后的人生,在悔恨和自责中度过余生吗?

在生与死的三个小时里,唐媛媛一直在跑。

唐媛媛在城市的街道上奔跑;唐媛媛在住宅小区里奔跑;唐媛媛在公园里奔跑;唐媛媛在环路上奔跑。唐媛媛跑出了城市。唐媛媛在开满鲜花的田野中奔跑;唐媛媛在充斥着泥土芬芳的土地上奔跑;唐媛媛在回荡着鸡鸣犬吠的农家院子旁奔跑;唐媛媛在了无人烟的旷野里奔跑……

唐媛媛越跑越快,越跑越惬意,所有的烦恼与哀愁似乎都烟消云散了。她似乎看见了碧绿的田野和金灿灿的麦田,似乎听见了啾啾的鸟叫在远山回荡,似乎嗅到了熟悉的油菜花香,似乎回到了属于她,包容她,任由她撒娇撒野的家乡。

如果不是天色渐暗,如果不是警车拦住了她,唐媛媛还会继续跑下去。那个时候她身后的两个女孩早就被她甩得没了踪影。唐媛媛见到了帅哥警官,回到了现实。唐媛媛见到了伍小海,她狠狠地在他的手臂上咬了一口。唐媛媛见到了范丽丽,她抱着她大声痛哭。狂奔可以给唐媛媛带来无尽的快乐,可以让她忘记现实,然而,一旦回到现实,死亡带来的恐怖便紧紧扼住了她。

范丽丽惊讶于伍小海对帅哥警官的恭敬态度。伍小海既然在追求唐媛媛,为什么对他的情敌没有一丝丝的敌意。即便帅哥警官帮了唐媛媛,那他也是伍小海的情敌,他不该这么客气。范丽丽忍了又忍,最终还是跟帅哥警官说了一句,以后对我们家球球好点。

帅哥警官不以为意:"她这么可爱,还这么正直,谁能对她不好。"

"对她不好的人多了,我对她就不好。"范丽丽顿了顿说,"我是说,我觉得她挺喜欢你的。"

帅哥警官愣了下,随即严肃地说:"媛媛,你得给我三天时间。"

"干吗?"唐媛媛愣了。

"我离完婚就娶你,离婚怎么也得三天时间。"

唐媛媛和范丽丽都傻眼了。唐媛媛支支吾吾地正想解释,帅哥警官打断了她。

"开玩笑呢。"帅哥警官对范丽丽说,"我和唐小姐的接触仅限于这个案件。犯罪嫌疑人还没抓到,你这个好闺密是不是得奉献一下?"

"用你说,一会儿就让他们搬我那儿。"范丽丽这才明白,所谓唐媛媛脚踩两只船是个误会。唐媛媛每天都会去刑警队找帅哥警官,她的目的就是抓到老秃子这些人。

"我差点被人开膛破肚,你是不是得告诉我这是怎么回事儿?"范丽丽看到唐媛媛完好无损地站到了她的身边,她又开始折磨自己唯一的闺密了。

"回去说吧。你们的东西多不多,我找个几个同事帮你们搬家。"帅哥警官担心他们在搬家时再次遇险。

"制服男神,你心真好,你真结婚了?我可还是单身呢。"范丽丽说完看了一眼伍小海。伍小海毫无反应,他的眼睛似乎变成了扫描仪,不停在唐嫒嫒身上扫描,唯恐她哪里受了伤。

烂尾楼位于荒凉的市郊,这里曾是人口密集的繁华之地,几乎成为人尽皆知的富庶之乡,但随着被媒体炒作成的顶级奢华楼盘逐渐荒废,它便不再被人提及了。

老秃子坐在某栋烂尾楼的顶层,六个半大女孩站在他的身旁,还没醒过来的黑娃和老九趴在他的面前。

"教训,这就是教训!天天努力,不如一次实践。"老秃子指着追击唐嫒嫒的两个女孩,随后把手向空中一抓,"你们两个,还有你们,都听清楚了!我天天让你们努力,什么原因?我天天把加强训练挂在嘴边,什么原因?我是为了你们,统统,全部,所有的都是为了你们。现实是残酷的坦克车,现实是公正的上帝,现实的机遇只会眷顾那些有准备的人,机遇到来的时候,你们没有准备好就会被坦克车碾死,就会被上帝抛弃。今天,机遇就摆在你们的眼前,但是你们被坦克车碾死了,被上帝抛弃了!现在明白我让你们努力训练的良苦用心了吧?事实证明,样样精通等同于样样稀松,不要做全面发展的美梦,只要一招鲜就能吃遍天。行业竞争这么激烈,我们为什么屹立不倒,专业!因为我们专业啊!我们这个行业,从全世界的角度来看是呈上升趋势的,今天你们都看到了,雷锋没了,雷锋都去种地了,你可以放开手脚去工作。从明天开始,加大训练量,早上的长跑增加为一万米。还有一点,还是专业问题。我一再强调,你们要牢记每天的天气情况,今天你们两个就出现了这方面的问题。第一,不管是追,还是撤离工作场所,你们要避免迎着阳光。第二,不管是追,还是撤离工作场所,你们都要避免迎风跑。今天的温度是零上三十一度,五级北风,降水量和湿度可以忽略不计。你们迎着五级北风跑,能跑得快吗?"

"她不是也迎着北风跑吗?"一个女孩说完不由地往后退了一步,似乎担心受到责罚。

老秃子却很高兴:"有反思才有成功。说得很对,她也迎着北风跑。这个项目开始之前,我是不是把唐媛媛的详细情况都告诉你们了?她很能跑,而且擅长迎着风跑,她胖,肺活量就大,她有迎风跑的本钱,你们有吗?我反复强调,开展工作要有智慧,要多看书,《太公兵法》说的好,以己之长克敌之短,她擅长迎风跑,你们就没有优势吗?你们的优势是人数,完全可以包抄合围嘛。"

六个女孩纷纷点头。

"要爱惜你们的工作工具,手术刀是工作用的,不是用来伤人的。只有一种情况可以用刀,那就是为了保证工作的顺利完成。"老秃子叹口气,似乎颇为惆怅,"我没儿没女,这么大的家业将来留给谁,还是要留给你们。授人以鱼不如授人以渔,我有高贵的品格,我教给了你们成为富翁的办法,十年之后,最多二十年,你们个个都是大富翁,有豪宅,有游艇,有的是优秀男人喜欢你们。这是我给你们的最低保证,如果你们全部按照我说的去做,你们会成为约翰·雅各布[1],孩子们,记住这个名字吧,他才是真正的富翁,1848年的时候,他已经有2000万美元的财产了。别让他俩睡了,让他俩也听听。"

一个女孩用力在黑娃和老九的脸上扇了几巴掌,两人没有任何反应。

"万能钥匙呢?"老秃子提醒女孩。

女孩拿出随身的万能钥匙,用钥匙尖锐的一端刺进了他们指甲下面。

黑娃最先疼醒了,他看见老秃子便沮丧地说:"秃子,咱栽了,给你丢面了。"

躺在黑娃身后的老九也醒了,他只看见黑娃,没看见其他人。他趴在地上大喊:"这个老秃子,给咱派的是啥差事啊。我算想明白了,他不是帮咱们攒钱,他是把咱的钱扣住了,咱的钱在他那儿,咱想走都走不了。"

黑娃连忙拽起了老九,让他看见老秃子。

老九嘿嘿笑着:"秃子,我助听器没电了,不知道你在。你有

---

[1] 约翰·雅各布·阿斯特一世(1763年~1848年),作为德裔美国皮毛业大亨及财金专家,他是那个时代的美国首富,是美国历史上第四富有的人。比尔·盖茨排在第十三名。他的曾孙约翰·雅各布·阿斯特四世(1864年~1912年)是当时的世界首富,也是"泰坦尼克号"最著名的遇难者。

电池吗?"

老秃子感慨万千:"老九,每个人都要为自己说错的话,做错的事埋单。做好事的人免单,还能在发票上刮出大奖,你的结果是什么,你自己很清楚。你们要记住,那些背后议论别人的人肯定会成为被别人议论的对象,他的缺点一定会被人挖出来,因为他的卑鄙就是最大的短处。"

"秃子,我听不见你说的啥,要不你给我写下来?"老九自知不妙,满脸堆笑。

"你得跟我叫叔!规矩都让你这样的人搞乱了!"

"大侄子,你别发火。"黑娃表情很恭敬,"今天的事赖我,我保证没下次了。"

"咱们是混江湖的,江湖上只有兄弟。以后叫我哥。"

黑娃不乐意了:"不对吧,照辈分说,我是你叔啊。你和老九不是论辈分呢?"

"我和他是我和他,我和你是我和你,两码事。你们今天的工作业绩为零,要不是我运筹帷幄,你们早让猫逮着了。具体考核等回去再说。我带着六个孩子马上要去处理重要的项目,这个项目你们还得再盯一下,一定要抓紧,效率就是金钱。"

"你处理啥项目?出货吧?"

"处理好你手上的项目再说,知道我为啥一直不提你当副总经理吗?你还没有做到心无旁骛。不要想样样精通,样样精通就等于样样稀松,怎么能做到专业,那就是心无旁骛。"

老九看到老秃子要走,一把抓住了他的衣服:"秃子,你把我存在你那儿的钱给我吧,黑娃天天跟我要钱。黑娃他妈过五十大寿,他姐结婚,我都没随礼,给的都是白条子,他大侄子出生、满月、过百天,我给的也是白条子,他大侄子都五岁了,我不能不给啊?论辈分,他是我爷爷,他大侄子和你辈分一般大,是我叔,我叔的钱,我可不敢不还。"

"是这理。"黑娃上前帮腔,"老九也天天跟我要钱,他奶奶去世,他大姨改嫁,他姑嫁闺女,这数都数不过来了,我也没随礼,给的也是白条。"

"当然没有问题。"老秃子整理着头上稀少的头发说,"你们存在我那儿多少钱了?"

"这么大的事,你忘了我们不能忘。"黑娃掰着手指头说,"我三万七,老九四万二。我在你那儿放了六年了,第一年放了三千,第二年放了八千……"

"对,你是三万七,老九是四万二,不过也不对,加上利息,你现在是六万六,老九是七万八。他不到七万八,四舍五入,我给他凑个整数。"

黑娃眼睛都直了:"咋那么多呢?"

"我不是跟你说了,我的利息比银行高得多,你们的钱存在我这儿就是利滚利,利打滚,要不是本乡本土的老乡,要不是你们给公司做出这么多贡献,我才不管呢。你们是不是现在要?走走,去银行。"

"不不，我们就是问问，还是放在你那儿。"

老秃子非要去银行取钱，黑娃坚持不去，最后老秃子妥协了。

"那就听你们的，钱还是放在我那儿，以后不要说让我寒心的话。你们将来都要成为约翰·雅各布。知道谁是约翰·雅各布吗？记住这个名字吧，他才是真正的富翁，1848年的时候，他已经有2000万美元的财产了。"

"你们说啥呢，钱呢？"不明所以的老九还在坚持。

"我跟他说。秃子，你慢走。"黑娃牢牢抱住了老九。

"好，你办事我还是放心的。"老秃子摸了摸头顶，"以后不要叫我秃子，我是秃顶。秃子和秃顶有本质上的区别。你们就是不专业。"

25_
留守儿童与弃婴

帅哥警官和他的同事们连夜帮唐媛媛和伍小海搬了家。安顿好他们，帅哥警官便离开了，他让他们睡个好觉，他的同事今晚在楼下给他们站岗。

范丽丽住的是套两居室。到这个城市以后她一直和人合租，不过她今年的运气不太好。第一次合租的是两个男孩子，很快她就发觉有点不对劲，两个男孩吃在一起，住在一起，走路的时候还手拉手。第二次合租的是两个女孩，女孩子吃在一起，住在一起，走路手牵手是很寻常的事。可是范丽丽发现她们一起洗澡，还在公用浴室里哼哼唧唧，回到属于她们的房间，她们继续哼哼唧唧。一连几天，范丽丽忍不住了，可是搬家太累了，她也不想失去采光这么好的房子。于是她找人弄了几个爱情动作片，每天晚上她把音响开到最大后，开始播放爱情动作片，之后自己戴着耳塞开始了完美的睡眠。不到一周，两个女孩子就搬走了，走的时候还带着鄙夷的口气说，以后就你一个人住了，音响再开大点吧。

仿佛冥冥中安排好的，仿佛给唐媛媛预留的一般。两居室的房间，范丽丽和唐媛媛住一间，伍小海住一间。范丽丽仗义地表示，房租她全权负责，她兴奋地抱着唐媛媛说，球球，你这么多肉，冬天抱着睡肯定暖和。

"球球，你怎么跑那么快？"范丽丽又变成了十万个为什么。

"球球，我跑得也不慢吧？我穿的是你的鞋，你穿着是帆布鞋，到我脚上就成拖鞋了。"范丽丽一边准备吃的，一边手舞足蹈，"我跑得嗖嗖的，小海都没我跑得快。"

"球球，那个秃子是干吗的？小海，她不说你说呗。球球姨妈，小海大爷，你们谁能告诉我怎么回事儿啊！"

唐媛媛讲述了发生在大山里的故事，讲述了老秃子的故事，讲述了她和伍小海的故事。

唐媛媛出生在一个落后的农村，那里的人享受着科技带来的进步，头脑里却固执地坚持着一些恶俗。他们相信溺水身亡的人会成为恶鬼，这些恶鬼只有把人拖进河里才能转世投胎；他们相信人死后的生活和在世是一样的，去世的人需要钱，需要伴侣，所以他们把刚刚死去的姑娘从坟墓里盗挖出来，卖给刚死去的单身汉配阴婚；他们相信只有在别人家男孩身上偷偷刺入钢针，自己才能生下男孩；他们相信孩子是上天赐予的，他们把不足一岁的孩子抛弃在野外，孩子不会冻饿而死，因为老天会照顾这个孩子。唐媛媛就是这样一个孩子。她刚出生的时候差点被亲生父亲杀死。她父亲想要个传宗接代的儿子，他认为把唐媛媛杀死之后埋在院子中央，那些来投胎的女婴便不敢再来了，他的下个孩子一定是男孩。唐媛媛的奶奶是个迷信的人，但她也很善良，她阻止了唐媛媛的父亲，让唐媛媛活了下来。唐媛媛的奶奶也因此落了不少的埋怨，因为她的母亲在此后的几年里一直没有怀孕。后来，唐媛媛的父亲和母亲先后离开家乡去城市打工，后来，她的奶奶去世了，后来，父亲偶尔还回来几次，再后来，父亲也不回来了。唐媛媛和村子里的很多孩子一样，变成了留守儿童，更悲惨的是，她的父母再也不会回来了，她被遗弃了。

孤苦无依的唐媛媛主动帮乡亲扫院子、洗衣服、种地，目的就是吃一口热饭。她吃着百家饭长大，后来受到政府的救济上了学，到上大学的时候她开始自食其力，也在那个时候认识了曾是弃婴、患有"选择性缄默失调症"的伍小海。

唐媛媛和伍小海在大学毕业后相依为命，他们曾在另一个城市打拼，不久因为伍小海的缘故来到了这座城市。那个时候他们身上剩下的钱不多了，幸亏司徒老总给了唐媛媛一个工作的机会，他们才不至于露宿街头。加入模特公司后，唐媛媛认识了范丽丽，也在那个时候遇到了饥肠辘辘、在街头徘徊的黑娃和老九。唐媛媛想起自己刚到这个城市的窘境，于是请他们吃了一顿便饭。无以为报的两人把一红一黑，两个"棉花糖"送给了她。唐媛媛带着棉花糖去了公司，自己吃了一个，给了范丽丽一个。后来，她看新闻报道认出了黑娃和老九原来是偷走"玉言丸"和"过一丸"的人，她立即去报案。帅哥警官告诉她，"白日梦公司"并没有在公安机关立案。不过比起偷走两枚篮球一样大的药丸，黑娃和老九还有更大的罪责。他们是以老秃子为首的犯罪集团的成员。

"那两个棉花糖是'玉言丸'和'过一丸'？"范丽丽大为惊讶。她还记得当时她抢走了红色的"棉花糖"，她觉得红色的更加美味。她要是知道黑色的"棉花糖"是'玉言丸'绝对不会放过。她盘算着，吃过"玉言丸"的唐媛媛变成了能够成人之美的初恋天使，她的"过一丸"会有什么效果呢？

唐媛媛说起了关于老秃子的一些事。老秃子是一个农民，他是第一个离开村子、进城打工的人，他有勇气，有毅力，可是他没有谋生的本事，又不愿出苦力。老秃子成了职业小偷。老秃子一次次行窃，一次次被抓，一次次进监狱，他成为所有狱警熟悉的"五星上将"。老秃子在监狱遇到了很多惯犯，有窃贼，有骗子，还有抢劫犯。第一次进监狱的时候，老秃子还是个业余的小偷，五次之后他成为五毒俱全的恶棍。老秃子给自己制订了一个十五年的计划，十五年来他游荡在故乡附近的村落，带走了那些弃婴。他也抛弃过一些弃婴，因为那些弃婴必须花费大量金钱才能治愈身上的病。十五年后，老秃子开始了他的新计划。一个硕大的山洞是他的巢穴，他在山洞里教那些长大的弃婴扒窃，并反复给他们灌输偷窃光荣的思想。唐媛媛三人遇到的六个女孩就出自这些弃婴。

孩子是最美的生命，盗窃是最肮脏的事情，老秃子让最美的生命做着最肮脏的事情。

心地善良的唐媛媛非常自责，如果她在第一次遇到黑娃和老九的时候就报警，也许那些弃婴早已经脱离了魔爪。所以她经常去帅哥警官那里询问侦破情况，这也是范丽丽误会她的原因。老秃子具有很强的反侦破能力，他一直像个隐形人。帅哥警官把老秃子的照片给唐媛媛拷贝了一份，以便将来遇到他的时候能认出来。唐媛媛给伍小海看过老秃子的照片，所以伍小海能够一眼认出他。他们经常看老秃子的照片，希望有一天能在街头认出他来，能尽早帮那些孩子脱离苦海。

唐媛媛一边说一边流眼泪，伍小海也陪着她流眼泪。范丽丽一边给唐媛媛擦眼泪，一边给自己擦眼泪。范丽丽这才明白，那天唐媛媛遛狗的时候说的那些话，为什么会引出伍小海的眼泪。那是因为他们没有家，没有亲人，他们希望帮助同样没有家没有亲人的弃婴们。

那天唐媛媛说，我养个宠物就可以先当父母，把"汪汪汪"和"喵喵喵"养大了，再给它们养老送终，我的人生是不是就完美了？普通人能享受到的亲生父母给予的家庭温暖，对于弃婴是一种奢望。唐媛媛享受不到父恩母爱带来的宠爱，享受不到孝顺父母所带来的快乐，她把宠爱和快乐全部放在了宠物身上。

过了许久，三个人的心情逐渐平复的时候，范丽丽反复问着谁都不知道答案的问题：吃了"过一丸"会怎么样？

26_
失控的白条

唐嫒嫒和范丽丽、伍小海在房间里闷了三天,他们看电视、上网、玩手机,吃饭购物统统让楼下的超市送货上门,"汪汪汪"和"喵喵喵"的户外生活也降了规格,只能在阳台上转转。三天后,帅哥警官传来了好消息,黑娃和老九不会再出现了,因为他们的不再出现,和警察打了十几年交道的老秃子肯定不会在这个城市逗留,他再一次人间蒸发了。

虽然没有抓到老秃子,没有拯救那些孩子,唐嫒嫒他们的心情还是好了很多,毕竟他们恢复了正常的生活。

黑娃和老九不会再出现了,不是因为他们放弃了,也不是因为找不到唐嫒嫒,是因为他们被抓进了看守所。他们被抓不是因为试图绑架唐嫒嫒,而是因为盗窃。他们盗窃失手不是因为黑娃又把盗窃变成了抢劫,而是因为他超强的记忆力。

老秃子走后,黑娃和老九面临的最大问题不是所谓的如何开展工作,而是活下去。

老秃子带着六个半大的女孩先走了。黑娃和老九走的时候才发现他们身处荒无人烟的地方，没人没车没光亮。老九的助听器没电了，黑娃没法和他商量，只能一个人做主。黑娃记得回城的方向应该向北，于是他找到了北极星，朝着北极星一直走了下去。天亮的时候，他拦住了一辆拉猪的卡车。卡车司机告诉他，他走反了，他看见的那颗星可能是木星。木星位于南方的星空，很亮很醒目。

"该死的木星，不在北边，还么亮，明摆着想骗人嘛。星星里也有坏鸟。"黑娃蹲在拉猪的卡车上愤愤难平。

"你咕哝啥呢？"老九捂着鼻子说，"你昨晚是不是偷吃啥了？咋一个劲放臭屁呢。"

一头肥猪转过身，又朝他们放了一记响屁。

太阳挂在天空正中央的时候，疲饿交加的黑娃和老九才回到城里。他们商议了一阵，决定不能去吃霸王餐了，他们太虚弱了，不管去面馆还是海鲜饭店，吃完后肯定会被抓住暴打一顿。他们太虚弱了，无法承受轻微的皮肉之苦。老九在垃圾桶里找到了两节废弃的电池，助听器恢复工作的时候他也变回了顺风耳。老九想了一个办法，他躺在地上装病号，让黑娃跪在他身边痛哭乞讨。

"能行吗？城里人抠得很。"

"秃子不是说过天堂里也有黑心人，地狱里也有善良的仙女。你使劲哭，使劲磕头，说我大爷得了癌症，没钱治病。"

"那不行，我是你爷爷，不能跟你叫大爷。"黑娃立即反对。

"城里人不懂古人的礼，啥礼义廉耻，啥尊老爱幼，啥啥都不懂,要说你是我爷爷,肯定没人信。"

"我磕头,还跟你叫大爷,好事都让你占了。不行,我躺着,你磕头,你说我是你侄子。这样咱俩都不吃亏。"黑娃蹲下身子,用手摸了摸地面。地面被太阳晒得很暖和,他可以睡个好觉。

"也成。说好了,你睡归睡,可不能打呼噜。"

"快点吧,只要弄到二十块钱,咱就能活两天。"

黑娃躺在地上的时候在脸上盖了一张报纸。老九涕泪横流,跪在他身旁哀求乞讨。城里人也许不懂礼义廉耻,但他们见了太多的骗子,两个小时过去了,他们的生意还是没有开张。

"你们这些城里人,咋都没人性啊。我大侄子都快不行了,你们咋这么狠心啊。"老九真的涕泪横流了,他觉得他们真的要饿死在这里了。

有人想揭穿他们的骗局,飞快地掀开了黑娃脸上的报纸。老九不由地赞叹了一声,黑娃纹丝不动,还紧闭着眼睛。有人拍拍黑娃的脸,有人试探黑娃的鼻息,人群飞快散开了,有人大喊死人了。

黑娃纹丝不动,黑娃没有打呼噜,不是因为他演技好,整整一天米水未进,还在烈日下暴晒了两个小时,他晕过去了。

"秃子说得好,人必自助,而后天助之!"老九兴奋地从地上捡起了一张二十元的钞票。不知哪个看客在慌乱中掉了钱。

黑娃醒来后和老九吃了一顿方便面大餐。他们多年患难,在危难关头意见总是保持着高度的一致。他们想起了老秃子的话,老秃子说,亲情、尊严、事业的成功都没有活下去重要,只有活下去才可能获得亲情、尊严和事业的成功。

黑娃和老秃子总结了老秃子多年对他们的教导，决定用智慧的方式获取活下去的权力。老秃子活下去的第一招：以衣辨人。他们根据老秃子说的，那些穿戴看似随意，以自行车代步的人通常都是大贪官，他们跟踪了一个穿休闲装的男子，等他骑着自行车离家后便闯进了他的房间。老秃子说贪官们常把现金放在高大的花瓶里，崭新的书架后面，然而房间没有花瓶和书架，有的是哑铃、拳击手套和双节棍。这时主人回来了，他为了证明自己是名副其实的武术冠军，暴打了他们一顿。黑娃被成功地打晕了。老秃子活下去的第二招：装傻充愣。他们去内衣店偷了几条女士内裤，被发现后黑娃说我们不是偷，我们是有这个癖好。老九说，我们是变态，我们就是变态。按照老秃子的说法，这个时候他们会被赶出门，事情不了了之，然而，就在黑娃一边脱衣服，一边嚷着我们就是变态的时候，店员们说，死变态，打死他。他们被暴打了一顿。黑娃再次被成功地打晕了。老秃子还有很多妙计，但已经晕过去三次的黑娃对老秃子的话起了疑心，他可能是一个无往不利的理论家，更可能是一个从无胜绩的理论家。

黑娃决定改弦易辙。

黑娃有自己的绝招。他曾经去墓地挖出墓碑，磨掉墓碑上的字再卖出去。老秃子说过，靠人靠天不如靠自己。黑娃成功了，他连偷了两块墓碑，赚来的钱足够他和老九生活两个月了。黑娃决定再干一次就去找唐媛媛，继续未完成的工作。黑娃又偷了一块墓碑，回来的路上他听说房价又涨了，墓地的价格又涨了，墓碑的价格也涨了。黑娃决定庆祝一下，他买了两瓶白酒和老九一醉方休。

黑娃喝酒的时候和老九商量："我想到一个办法，能把咱的债都还了。我租个女的回村，就说是我媳妇，这不就收了一批份子钱嘛。过阵子我再租个媳妇回去，就说上一个离了，再结一次婚，这不是又收了一批份子钱。"

"别人家有事，你都打白条，你结婚，人家给你回白条。"

"白条对白条，那不就抵消了嘛，我就无债一身轻了。"

"你以为村里人傻，你结一次还行，多了人家就不去了。"

"那我就找个女的，多生几个孩子。第一个孩子出生、满月、百天，他们都得随礼，第二个也得这样。我生十个八个的，村里人给我随礼都得随得倾家荡产。"

老九笑得把牙床都露了出来："想得挺美。孩子小的时候你倒是把债还上了，大了咋办？你知道现在养活一个孩子多少钱？城里人都不敢多要，你还十个八个的。"

黑娃琢磨了一会儿，点点头："你这个孙子说的有道理，爷爷听你的。"

老九说："秃子不是说了，踏踏实实工作，老老实实做人，不要自作聪明，我们想到的好办法其实早被别人用过了，我们津津乐道的新闻其实已经是历史了。"

第二天嘴里还冒酒气的黑娃被买家打晕了。昨夜他一醉方休，忘了磨掉墓碑上的字。

审讯过黑娃,办案警察"嘀"了一声,有收获,黑娃还是惯犯,上网再一核对身份,办案警察又"嘀"了一声,有大收获,黑娃还是通缉犯。

老九很机敏,得知黑娃被捕后他立即逃了。他知道自己是通缉犯,不能用自己的身份证买火车票,于是用了黑娃的身份证买了火车票。结果他刚上车就被警察抓住了。老九懊悔不已,他怎么被黑娃传染了,记忆力完全瘫痪了。他和黑娃是同案犯,黑娃也是通缉犯。

黑娃和老九在接受审讯的时候问了警察同一个问题。他们说,我不想坐牢,我赔偿行不行,我现在没钱,我打个白条行不行。

27_
伍小海的白日梦

老秃子出现后，伍小海变得更加沉郁，虽然黑娃和老九被捕后，他们获得了短暂的安全，但唐媛媛感冒了，天天躺在家里，他只能一个人郁郁寡欢地出门。

伍小海离开了一个小时还没有回来，唐媛媛打不通他的电话，便让范丽丽去找他。

范丽丽刚一出门便吓得魂飞魄散，她看见郁郁寡欢的伍小海站在顶楼，正在朝下张望。范丽丽立即拨通了110，她觉得不放心又拨通了120和119。她含着眼泪拼命骂自己："猪头，笨蛋，到底还有谁能救命！"

范丽丽冲上顶楼的时候，她看见呼啸的警车、消防车、救护车从三个不同的方向驶来，那场面甚是壮观。

"伍小海，你不许死！"范丽丽的惊叫比警笛还响。

范丽丽的声音太大太尖锐，伍小海原本只把半个身子探了出去，她这么一叫，他差点摔到楼下。

"小海，你不能这样，我求求你了……"范丽丽哭得喘不过气，哭得天崩地裂，"一切都会过去的，真的……不为别的，你为球球想一想……"

伍小海擦着额头的冷汗，疑惑地问她："我就是为了她呀，怎么了？"

"你想死给她看？你还有良心吗？"范丽丽举起巴掌，但巴掌没有落在他的脸上。她不敢刺激想要轻生的人。

这时一个中年妇女抱着一只猫跑到了顶楼，她的手里还捏着一沓钞票："小伙子，猫回来了！"

一个小时前，伍小海在楼下遇到了焦急的中年妇女。住在顶层的她养了一只小巧的猫咪，这只猫咪在窗前看风景时一只不知名的鸟从空中掠过。猫咪很兴奋，发出奇怪的声响后蹿了出去。幸运的猫咪没有掉下去，落在了阳台下的空调机上。中年妇女无计可施，只能看着猫咪可怜巴巴地趴在空调机上，轻一声重一声地"喵"着。

伍小海想帮忙，可他也没有好办法。

"我身上就这么多现金，一千三百块。"中年妇女把一沓钞票塞给了他。

伍小海绞尽了脑汁也没找到救猫的办法，他站在顶楼向下张望的时候范丽丽出现了。她的尖叫让猫咪产生了巨大的恐惧，随后爆发了惊人的力量。猫咪跳了回去。

"有那么夸张嘛！我就是嗓子好，我以前想唱歌剧来着。"范丽丽说不清自己该得意,还是该沮丧。

伍小海看着面前的那叠钱,不由地犹豫了。按理说,他不该要钱,他的本意只是帮忙,况且是范丽丽的尖叫救了猫咪,是猫咪自己跳了回去。

"你辛苦了半天,应该的。再说了,你们不是一起的嘛。"中年妇女把钱硬塞给伍小海,"别嫌少噢。"

"虽然我差点也'毁'人不倦,可我的功劳很大啊,是不是得分我一半?"范丽丽看着郁郁寡欢的伍小海。

"这钱是留给她的。"郁郁寡欢的伍小海露出了笑容,"我决定要做一个捉猫师。"

伍小海开始早出晚归的工作。工作的前几天他两手空空,很快他带回了多少不一的现金,有时候还有一些小礼物。伍小海说他今天又帮人找回了挂在树上的猫,猫主人给了佣金还给礼物。唐媛媛和范丽丽都反对他继续做捉猫师,他不仅带回了现金和小礼物,还带回了青的、紫的瘀伤和一道道的血痕。

自从做了捉猫师,伍小海便一直穿着长裤。

每救一只猫、一条狗或者活泼的小白鼠,都会给伍小海带来好心情。完成工作,回到住所,看着唐媛媛和范丽丽嬉闹或者说悄悄话,他的心情会变得更好。

以前伍小海常在心情好的时候做白日梦,唐媛媛是白日梦的唯一女主角。

伍小海想象着有朝一日事业有成,能有挥金如土的一天。那个时候他要在英国买一座花香缭绕的别墅，或者在挪威的湖畔建一座木屋。别墅或者木屋的外形宛如憨态可掬的小猪，别墅或者木屋的每个角落都放着可爱的毛绒玩具，唐媛媛吃了太多的苦，她从小看着别的孩子有不同的毛绒玩具，而她一个都没有。他要用一生的时间去补偿她。到了可以挥金如土的那一天，他要带她去汤加王国，那里丰满才是美丽的标准，拥有短脖子、小粗腰和小短腿才是绝世美女。如果不够丰满，女人们会用轻薄的纺织品把自己一圈圈缠绕起来，这样才不会低人一等。到了可以挥金如土的那一天，他要带唐媛媛去塔尼亚，那里的女孩只有足够圆润才能让人相信她有富足的生活，才能成为公认的标准美人。到了可以挥金如土的那一天，他要带唐媛媛去阿拉伯国家，去斐济王国，在那里只有胖乎乎的女人才有成为妻子的权力，他要在万众瞩目的广场上向她求婚，让潮水般的掌声和赞美来祝福他们的爱情。

生活在"食颜时代"，伍小海从未因自己的高大英俊而骄傲。他多舛的命运大多是因为他的容貌。如果不是生的英俊，他不会一次次被收养，如果不是生的英俊，他不会辗转在一个个看似幸福的家庭，如果不是生的英俊，他也许像其他普通的孩子一样，被普通人收养，生活在普通的家庭，享受着普通的幸福，过着普通却不会噩耗连连的生活。但是为了唐媛媛，他喜欢上了自己的英俊。唐媛媛改变了他的悲惨命运，给了他生的希望和美好的未来。唐媛媛没有出现的时候，他是一只没有故乡的大雁，他不知道该去哪里，该做什么，他没有理想，对未来没有幻想，只是一味地低头混生活。

唐媛媛出现以后，他才明白他也可以拥有正常的生活，拥有让自己激动不已的梦想。为了唐媛媛，他愿意成为世界名模，事实上，那正是他自己的理想。他希望有一天，他站在世界级的领奖台上发表获奖感言的时候，对着台下热泪盈眶的唐媛媛说，这是属于我们的荣耀。

自从做了捉猫师，伍小海便不会做这些白日梦，他必须实际一点，他不能让唐媛媛永远保护自己，他不能让酒店的事情再次发生，他不是男孩，他要做一个顶天立地的男人。

28_
5200种初恋

伍小海出去工作的时候，唐媛媛和范丽丽的话题总是离不开被老秃子控制的弃婴，唐媛媛希望尽早抓到老秃子，救出那些无辜的孩子，她让范丽丽帮她想办法，也许她们可以做点什么。范丽丽说帅哥警官都抓不到他，我们能有什么办法，别给警察添乱了。她们谈论更多的是伍小海。唐媛媛觉得伍小海越来越成熟了，不过她还是希望他回到司徒老总的公司继续做模特。伍小海很固执，他坚持要赚一些钱再去做模特，为了让唐媛媛开心，每天晚上他都会走上几个来回的猫步，或者跟她们一起看模特大赛的录像。

"小海是成熟了，他这么努力工作是想养着你呢。"范丽丽表情生动，但分不清是嫉妒还是替唐媛媛高兴。

"是你想让他养吧，某个吃货可是要和我公平竞争。"唐媛媛用她们熟悉的方式开着玩笑。

范丽丽怒气冲冲地嚷着："你以为我范丽丽是什么人？我以前那么说，是因为我不了解你们，是因为我误会了你。现在我还跟你抢男人吗？你是我的闺密，是我唯一的，也是最好的朋友，你怎么能这么看我！"

唐媛媛慌了，连忙抱住她："吃货大小姐，怎么了？我跟你闹着玩呢。"

"不许你这么闹，就不许！"范丽丽委屈地哭了，"以前我不知道你们的事，以前我希望和伍小海在一起，是想有个人疼我，这么多年了，我能记得的最温暖的事情就是幼儿园的时候伍小海给我臭豆腐吃。其实不是，我是被那些想跟我上床的臭男人带坏了，我总把人往坏处想，谁对我最好？是你，是你糖球球！"

"酸死了，你想跟我求婚啊。"唐媛媛连忙拿着纸巾给她擦眼泪。

"你说得对，我和伍小海根本不算初恋，暗恋都算不上。你们是青梅竹马，你们是两小无猜、心有灵犀，你们还没谈恋爱就开始患难与共了。你们才是真正的初恋，别人的初恋也就是撒个娇、卖个萌、传个纸条、抛个媚眼，你们一起努力奋斗，一起分担快乐和痛苦，我要是破坏你们，我就是禽兽不如，你们要是不在一起，你们就是禽兽不如！"

范丽丽哭着抱住了唐媛媛。

唐媛媛也紧紧抱着她："你要是不跟我做一辈子的闺密，你就是禽兽不如！"

唐媛媛告诉范丽丽，一起经历了这么多，一起承受了这么多，她怎么可能不喜欢伍小海，她是觉得自己太胖了，配不上英俊高大的伍小海。

"他还配不上你呢。"范丽丽不以为然地说,"只有他真像个男人才配得上你,不过他最近很努力喔。等你们结婚的时候,我来给你们装修新房,我要买一万个套套,我要把所有的套套都贴在墙上……"

"色情狂啊你!"唐媛媛举起了肉乎乎的拳头。

范丽丽抓住她的拳头,可怜兮兮地说:"你们赶紧在一起吧,要不然我会愧疚死的。"

范丽丽偷偷鼓励伍小海向唐媛媛表白。伍小海也是自卑的,从认识的那天开始,唐媛媛就在照顾他,他担心她会看不起自己,会把自己当成彼得·潘那样长不大的孩子。

"表白是勇气的表现,是证明成熟的最好方式。"范丽丽鼓励着伍小海。

"你不主动,让她跟你表白啊?女孩子总得矜持一下吧?你不表白,她怎么知道你喜欢她。"范丽丽一次次催促伍小海。

"我别的本事没有,就是认识的帅哥多,你再不表白,我就带她去相亲,中国的外国的老的少的帅的丑的屌丝富豪,随便她挑。"范丽丽反复使用着激将法。

伍小海终于行动了。范丽丽自愿成为他的助手。每个周五的晚上,他们便把唐媛媛关进房间,之后在客厅忙碌几个小时。唐媛媛再次走进客厅的时候,客厅已经不是客厅了。

第一个初恋。

熄灯后的客厅被布置成热带雨林，伍小海抓来了几十只萤火虫，它们是飞舞的萤火虫，也是点点繁星，随着音响播放的绵绵雨声熠熠生辉。

伍小海说："我要带你周游世界，今天我们来到了热带雨林。"

唐媛媛忍不住笑："会不会有蚊子？"

伍小海说："没有蚊子愿意当灯泡。"

范丽丽躲在卧室大喊："我是蚊子，我是蚊子，我什么都听不到，快表白啊！"

伍小海对唐媛媛说："你是初恋天使，应该得到最美好的初恋。一年有52周，一百年有5200周，我们要再活一百年，我要给你5200个初恋。今天是第一个初恋。"

范丽丽躲在卧室里大喊："好感动，好感动，表白啊！"

伍小海说："假设现在我们是偶遇的驴友，我们在热带雨林里相遇相知相爱，我要让热带雨林见证我们的爱情！小姐，很荣幸认识你，请问你怎么称呼？"

唐媛媛忍不住笑了出来："我叫球。"

第二个初恋。

大量的泡沫和乳白色的薄膜把客厅装扮成了雪山，空调开到最凉，吐泡泡的玩具不停吹着肥皂泡，它们不是肥皂泡，是雪花。

伍小海和唐媛媛穿着羽绒服和雪地靴走在房间里。

伍小海拿着滑雪板说："你是初恋天使，应该得到最美好的初恋。一年有52周，一百年有5200周，我们要再活一百年，我要给你5200个初恋。这里是珠穆朗玛峰，今天是第二个初恋，我要让珠穆朗玛之雪见证我们的爱情！"

范丽丽躲在卧室大喊："好浪漫啊，快表白！"

伍小海说："我们是多年的好友，今天终于敞开心扉，互诉衷情。"

范丽丽躲在卧室大喊："诉啊诉啊，快诉啊！"

唐媛媛忍不住脱掉了羽绒服："太热了，你等下再诉。"

第三个初恋。

房间充斥着深蓝色的暗光，伍小海拉着唐媛媛的手趴在一个巨大的鱼缸前。鱼缸里游动着一群群可爱的热带鱼。伍小海和唐媛媛带着防雾霾的口罩，他说这是他们的氧气瓶。

伍小海说："你是初恋天使，应该得到最美好的初恋。一年有52周，一百年有5200周，我们要再活一百年，我要给你5200个初恋。这里是马里亚纳海沟，今天是第三个初恋。我要让马里亚纳之水鉴证我们的爱情！"

范丽丽躲在卧室大喊："有没有美人鱼的尖叫啊，快表白吧！"

伍小海说："我们都喜欢潜水，我们在一万一千米的马里亚纳海沟发出了爱的誓言。"

范丽丽躲在卧室大喊:"让鲸鱼当伴郎啊,我是伴娘,我要骑鲸鱼。表白,表白!"

唐媛媛说:"这么深,那咱们不是被压成肉沫沫了?"

伍小海被逗得大笑,他笑得太厉害了,结果摔倒在地,碰倒了鱼缸。

范丽丽冲出卧室:"完蛋了,这回真要潜水了!快点收拾,一会儿楼下的该找上来了!"

第四个初恋。

依旧是深蓝色的暗光,屋顶装饰着金色和银色的纸片,还有几颗小灯泡。伍小海和唐媛媛坐在秋千上,他们穿着用快餐盒子做的宇航服。

伍小海说:"你是初恋天使,应该得到最美好的初恋。一年有52周,一百年有5200周,我们要再活一百年,我要给你5200个初恋。这里是外太空,今天是第四个初恋。我要让宇宙见证我们的爱情!"

范丽丽躲在卧室有气无力:"别废话了,快表白吧。"

唐媛媛说:"我保证不笑,我保证不乱说话。"

唐媛媛话没说完就从秋千上掉了下来。秋千是固定在屋顶的,它显然不够结实。

伍小海和范丽丽冲过去救她,异口同声地说:"伤着了吗?"

唐媛媛笑着笑着就哭了:"我是不是太胖了?"

第五个初恋开始之前，伍小海发现唐媛媛和范丽丽玩了一个新的游戏。每天他走到住所门前，房门都会在他拿出钥匙的瞬间打开，接着便传来唐媛媛的狂笑，我能听出他的脚步声，我又猜对了！范丽丽便会闷闷不乐，她说，你当然要猜对了，你们心有灵犀嘛，你们狼狈为奸嘛。

一连几天，伍小海的钥匙彻底退休了，每天清晨伍小海上班前，唐媛媛都会替他打开房门。唐媛媛说早去早回，注意安全。

周五的清晨，第五个初恋开始之前，伍小海一大早就起床了，他把一封信和一叠钱放在桌上，便朝房门走去。房门从里面锁住了，他拿出钥匙拧了半天，房门依旧纹丝不动。

"换门锁了。"范丽丽走出卧室，打着哈欠说，"要不然谁天天给你开门啊。"

"今天怎么这么早？"唐媛媛走出卧室，揉着眼睛说，"还留下这么多钱，今天的初恋我自己过吗？"

唐媛媛拿起了桌上的信。伍小海在信上说，他知道唐媛媛一直很内疚，因为那些弃婴至今还没有被解救。他说，他知道唐媛媛希望他成为一个勇敢的真正的男人，他要去找老秃子，他要把老秃子绳之以法，要救出那些孩子。他说，他只有这样做才是值得唐媛媛爱的男人，他才配向她表白。他说，他将来会成为世界名模，他说，他们只过了4个初恋，还有5196个初恋，他要去学沙画，要去学舞蹈，要学魔术，他要买蹦床，他要赚很多钱，带唐媛媛真的去热带雨林,去珠穆朗玛峰,去马里亚纳海沟,去外太空。伍小海在信上说,我爱你!

唐媛媛哭了,唐媛媛笑了,唐媛媛又哭又笑地抓起伍小海的胳膊。唐媛媛没有咬他,她深深地亲了一口。唐媛媛紧紧抱住伍小海,疯狂地吻着。

范丽丽打着哈欠说:"小海,你弯下腰好吧,球球比你矮那么多,你就让她一直踮着脚?"

唐媛媛挥起了胖乎乎的拳头。

范丽丽狂笑着躲闪:"去床上亲啊,床上不用踮脚。"

3D循环模式的"毁"人不倦。

初恋只有一次,爱只有一种。爱只能给一个人。

唐媛媛和伍小海相爱了,他们的生活进入了一个崭新的、充满朝气的阶段。他们欢欣鼓舞,他们意气风发,他们为新生活做好了各种准备。

然而,他们还没去公司上班,司徒老总就找上门来。

唐媛媛曾让帅哥警官替她、伍小海和范丽丽向司徒老总请假,遇到大麻烦的司徒老总先是找到了唐媛媛的住所,寻找无果后直接来到了范丽丽的住所。

"老总,你怎么又瘦了?减肥太成功了!"范丽丽一脸阿谀。

"老总,你气色真好……不过好像没有以前好。"唐媛媛看看范丽丽和伍小海。他们都以为司徒老总是来兴师问罪的,毕竟三个人同时托人请假,有些不太礼貌。

"我好得了吗？唐球球，你自己说，你是不是个'毁'人不倦的妖精！"司徒老总拎着一个纸质的手提袋，她用力撕开了手提袋，露出了十几部手机。

"你改行卖手机了？"唐媛媛想用玩笑的方式缓解司徒老总的怒火。

"卖你个球啊！这就是你给我找回来的初恋！"

当初唐媛媛无意中把司徒老总带回了承载她初恋的小树林，在那里她遇到了初恋男友眼镜男。司徒老总迅速和眼镜男领取了结婚证，迅速开始享受爱情的滋润，她在洞房之夜发了一条微信，还在"冒牌天使"的公众号赞美唐媛媛是天使。好景不长，司徒老总婚后发现她上当了。眼镜男不再是当初那个富家子，她不介意，她可以和他患难与共，眼镜男不再是浪漫绅士，她不介意，婚姻就是在平凡中吸收快乐，可是她无法接受眼镜男竟是一个年老色衰的花花公子。

不知是泡妞成瘾，还是为了寻找存在感，眼镜男私藏了十几部手机，这些手机有的是退隐江湖的诺基亚，有的是风光无限的苹果手机，有的是音乐手机。每个手机都只有一个联系人，诺基亚的通讯录中只有年近五十的家庭妇女，苹果手机的通讯录中只有妖娆少妇，音乐手机的通讯录中只有萝莉大学生。眼镜男是个"时间管理专家"，他合理安排时间，每个月都可以和十几个女性见上一面，或者亲热一番。眼镜男是个"特工"，他把十几部手机藏在书房的不同位置，并把手机调成了震动。有时司徒老总会在深夜被"嗡"

的一声惊醒,她的卧室有一扇临街的窗户,她以为是一辆飙飞的摩托车刚刚从不远处经过。但最近"嗡嗡"声越来越多,越来越频繁,昨晚她被此起彼伏的"嗡嗡"声惊醒了,她终于发现了十几部同时"嗡嗡"的手机。她忽然想起那个晚上,唐媛媛把她带进小树林的时候,她听到的此起彼伏的呻吟。

司徒老总快要被气傻了。她的生活原本是一团糟,眼镜男出现后她认为自己不能成为最好的时装设计师,起码也有甜蜜的爱情,然而现在她不仅失去了爱情,连最初的、对初恋的那份向往都没有了。

"什么都没有了。"司徒老总悲哀地喃喃自语,残酷的现实成功地击溃了她所有的梦想,她变得无处安身,无可寄托。

"怎么会这样啊。"唐媛媛不知该怎么安慰司徒老总,她又一次开始怀疑自己真的是"毁"人不倦的扫把星。

"要怪也得怪眼镜男是个牲畜,不能怪球球,球球还是好心。"范丽丽想说句公道话。

"好心怎么了?好心也得分用在什么地方。"司徒老总万念俱灰地坐在地上,"球球,你要真是好心,就找个风水宝地把我埋了吧,你管杀还得管埋啊。"

这时眼镜男出现了。他跪在司徒老总面前,恳求她原谅。司徒老总拿出打量陌生人的表情,任由范丽丽拿着拖鞋抽飞了他的眼镜。

"你说吧,你想怎么惩罚我?只要你原谅我,怎么都行!"眼镜男涕泪横流，可惜司徒老总不是优柔寡断的人，也不会被苦肉计所迷惑。

伍小海用强劲的手臂掐住了眼镜男的脖子，把他丢到了门外。

范丽丽关门的时候说："哎，你说那十几个女的要是知道这件事，会不会把你大卸八块？"

想起美好的初恋，想起对爱情的向往，站在窗前的司徒老总还是有些不舍，她流下了沉甸甸的泪水。

"糟了！"司徒老总惊叫了一声，其他人都走到窗前，朝楼下张望。

十几个年龄不同的女人手持水果刀、壁纸刀、菜刀，群情激愤地朝眼镜男冲了过去。

"分了吃肉啊！"

"我要他那双小色眼！"

"我要那双脏爪子！"

"下水留给我！"

望着狼狈逃走的眼镜男和气势汹汹的女人们，唐媛媛忽然觉得这分明是一群屠夫在追赶逃出屠宰场的猪。

门再次被敲响，这次走进门的是异常疲惫，似乎随时都可能睡着的穆香九。

"香帅！香帅！"

范丽丽尖叫着冲过去，想来一个又香又帅的拥抱。香帅太虚弱了，差点被她撞倒。

"对不起，我好几天没睡觉了。"香帅痛苦不堪地恳求唐媛媛，"天使，你能收了你的法力吗？"

"你又怎么了？"唐媛媛胆怯地躲在一旁，她似乎又做了一件"毁"人不倦的事。

香帅委顿地坐在墙角，说起了他的白天鹅。当初香帅被巨大的工作压力和精神压力压得喘不过气，他通过唐媛媛这个初恋天使在机场找回了初恋。他以为有了白天鹅，他的压力会减轻，他也会在某个时间里变成童真调皮的孩童，然而他错了。来自俄罗斯的白天鹅还是白天鹅，只是她只和他牵手、拥抱、亲吻嘴唇，不准许他有更亲密的举动。香帅想的当然不仅是肉体的欢愉，他以为这只是长期分离造成的后果，白天鹅还需要一点时间。可是除了他主动沟通，白天鹅几乎不跟他说话，她只是静静地坐在那里，像个机器人不声不响不眨眼。香帅曾怀疑过她不是本人，但他很快就否定了这个猜测。岁月虽然在白天鹅的脸上留下了痕迹，但人还是那个人，她曾是个舞蹈演员，大腿粗，脚部轻微变形，没错，她现在就是这样。她曾经的声音中有些嘶哑，但笑声很清脆，如同欢乐的风铃，没错，她现在就是这样。她以前走路的时候，上身微微向前探，没错，她现在就是这样。她以前的表达逻辑和旁人不同，如果你问她想吃什么水果，她会说我不喜欢吃香蕉、西瓜、水蜜桃，其实她想说的是，她要吃水蜜桃，没错，她现在还是这样。

"她每天跟个鬼似的就坐在那儿，有时候一眨眼，她正直勾勾地看我，你说吓人不吓人？"香帅再次哀求着唐媛媛，"天使，我没权力怪你,我是希望,你怎么把她变出来的,再怎么把她变走吧!"

"就因为她和以前不太一样,你就想把她打发了?"伍小海捏紧了拳头。

"枉我崇拜你那么长时间,你怎么那么没良心呢。原来你根本不是想找初恋,也不是真爱,你就是想找个说话的人,找个可以撒娇耍赖的人,哪有这种好事,你就等着天上掉馅饼吧!"范丽丽说完就把香帅推出了门。

"别别别……"唐媛媛眼里噙着泪,想阻止范丽丽。

"干吗?你又善心大发了?"范丽丽瞪大的眼睛仿佛要喷火。

"我怎么又'毁'人不倦了!"唐媛媛委屈地抱住了伍小海的手臂。

"你就是'毁'人不倦!"司徒高歌恶狠狠地嚷着。

"您老人家也走吧。"范丽丽开始推搡司徒老总,"球球只负责帮你们找初恋,家庭生活,生孩子洗尿布也归她管啊?走走走,这么大岁数了,还不识好歹,还狗咬吕洞宾!出门小心点,别让狗把你咬了!"

"怎么又开始'毁'人不倦了?这是无限循环模式吗?"唐媛媛哭成了泪人,她希望天下太平,希望天下人都幸福,更希望能帮助身边的人,可是现在她竟然亲手毁掉了他们的生活。

唐媛媛的泪水很快就被惊愕的表情代替了,因为范丽丽的话竟然全部应验了!

29_
事不过一

站在窗前的唐媛媛和伍小海、范丽丽首先看到了一个硕大的条形面包从顶楼飘落,准确无误地砸在了香帅的头上。他们仔细分辨,条形面包里夹着火腿和生菜,像是三明治,说是馅饼也勉强过得去。

条形面包虽然沉甸甸的,不过它毕竟是面包,它把香帅砸了一个跟头,躺在地上半天才爬了起来。

香帅从地上爬起来,活动着酸疼的颈椎的时候,司徒老总的惊叫从远处传来。两条雪白的萨摩耶正在追着她咬。其中一条萨摩耶用牙齿在她的裙子上撕了一个洞,这个洞的位置正好在她的臀部。于是司徒老总带着更大的惊叫声,一边用双手护住凉飕飕的臀部,一边飞奔起来。

"好准啊。"伍小海惊讶地看着范丽丽。

"你也是金口玉言!"唐媛媛使劲掐了范丽丽一把。

范丽丽这才反应过来。眼镜男被十几个女人追杀,香帅被"馅饼"砸中,司徒老总被狗追着咬,她说的话竟然都应验了。

"应验了有什么用,又不是什么好事,我也要当初恋天使!"

唐媛媛叹了口气:"初恋天使有什么好的,就会'毁'人不倦。"

唐媛媛说完,同时和范丽丽惊呼了一声,她们异口同声地说:"棉花糖!"

"是不是棉花糖起作用了?不对,是那个,那个'过一丸'!"范丽丽把手指塞进嘴里,她渴望的魔力终于出现了,可为什么会是让人倒霉的魔力呢?

"那有什么不好的,以后谁敢欺负咱们,就等着挨收拾吧!"唐媛媛的话让范丽丽转忧为喜,她们同时把坏坏的目光投向了伍小海。

伍小海低头笑着,像是接受了这一事实,又像是在掩饰什么。

夜幕降临的时候,微信朋友圈和微博上又一次出现了诸多关于初恋天使的话题。话题最早是司徒老总引起的,她发了一篇微博,哭诉初恋不可靠,男人不可靠,所谓的寻找初恋不过是自欺欺人。随后香帅也发了简短的微博,他在微博上说"初恋恨短,失去又何必相逢"。两人的微博虽然没有针对唐媛媛,但敏感的网友迅速察觉出这是对唐媛媛的一种指责,于是各种猜测铺天盖地而来,尤其是香帅的一些粉丝不分青红皂白地对唐媛媛发起了刻薄的语言攻击。

随后唐媛媛手机不停地响了起来。唐媛媛果断关机,她知道电话那端一定会传来不堪入耳的辱骂。

唐媛媛呆呆地说:"我错了吗?我没错吧?肯定哪里出了问题。"

"你尽力了,别总把责任往自己身上揽。"伍小海心疼地看着她,他想用拥抱安慰她,却被她推开了。

每个人都会犯错,但有一种情况连自己都无法容忍,那就是自己都不知道错在那里。

"我困了,想睡觉。"唐媛媛欣慰地看着伍小海,"放心啦,我没事。"

唐媛媛回到卧室,用被子把自己从头到脚埋了起来,但很快被子就被范丽丽用力掀开。

"干吗?我要睡觉。"唐媛媛想抢过被子,但被子让范丽丽死死抓在手里。

"睡什么睡,滚到次卧去!"

"看你的美剧去吧,别跟我闹了,我困。"

"哎,我说球球,到底是你不会谈恋爱,还是小海不会谈恋爱?亲个嘴就完了,不去被窝里探险吗?"

"你就是个色情狂!"

"怎么就色情狂了?是人之常情好不好?不去被窝里探险,你们总该去看个电影,吃个饭,散个小步吧。你跟小海谈恋爱,天天跟我腻歪在一起算怎么回事儿?"

"这种事就不劳您老人家操心了吧,你的心都细碎细碎的了。"

唐嫒嫒虽然百般抵赖，还是被范丽丽从床上揪起来，推进了客厅。

唐嫒嫒无奈地坐在伍小海身边，伍小海举起了胳膊，放在她的嘴边。

"没食欲。谢谢。"唐嫒嫒依靠在伍小海的肩膀上深深叹了一口气。

唐嫒嫒现在唯一的乐趣就是看"汪汪汪"和"喵喵喵"嬉闹，她总觉得这两个小家伙精力旺盛到了极点，她起床的时候它们在又抓又咬，她吃饭的时候它们在又抓又咬，她坐在马桶上，它们又抓又咬，她准备睡觉的时候，它们依旧在又抓又咬。以前她偶尔会觉得它们太烦太吵，一点安静的时间都没留给她，现在她反而觉得这两个小家伙一次次挫败了死气沉沉的空气。

"干吗要叹气？你不是早就不想做什么初恋天使了吗？这样挺好的。"伍小海抱紧了唐嫒嫒。

"我没有魔力，当然不能做什么天使，可是我也不能伤害别人啊，老总和香帅都挺可怜的，现在我越帮越忙，反倒让他们更不如意了。"

"我们尽力了。"

"我们尽力了吗？"唐嫒嫒似乎快要睡着了。

伍小海沉默了许久才说："如果最亲近的人欺骗了你，你会怎么样？"

"别说话,我要睡觉。"唐媛媛正游离在现实与梦境的边缘。

伍小海变得有些焦虑,唐媛媛完全熟睡后他变得如坐针毡,很快,他轻轻地放下唐媛媛,让她在沙发上躺好。伍小海给唐媛媛盖了一条毯子之后回到了次卧,关上了房门。

房间不太隔音,"汪汪汪"和"喵喵喵"又很吵。唐媛媛先是被"汪汪汪"和"喵喵喵"的嬉闹吵醒了,她听到伍小海正在房间里低声通着电话,她太累了,很快又睡了过去。

时间紧接午夜的时候,范丽丽走出了卧室,她看到唐媛媛一个人躺在沙发上,顿时就火了。

"伍小海,你给我滚出来!"

"怎么了?"伍小海拿着手机冲到客厅,惶恐地看着怒发冲冠的范丽丽和被吵醒的唐媛媛。

"你说怎么了?有你这么谈恋爱的吗?自己跑到房间里,把球球一个人丢在这儿。"范丽丽一把抢过他的手机,"跟谁煲电话粥去了?手机都烫了。我可警告你,你要是对不起球球,我剁了你,做肉夹馍吃!"

"想哪儿去了。过一会儿我的几个朋友过来。"伍小海垂下头,避开了范丽丽和唐媛媛的目光。

迷离的唐媛媛顿时清醒了,她的世界里只有范丽丽和伍小海两个朋友,而在伍小海的世界里只有她一个朋友。

范丽丽也很惊讶,她对类此的话有些过敏,上次唐媛媛说她有个她不认识的朋友,结果这朋友就是伍小海,她们差点因为伍小海闹僵。现在伍小海又冒出了她们不认识的朋友，难道平淡的生活又要掀起什么波澜？

"是谁呀？不会是司徒老总吧？"唐媛媛小心翼翼地提出了问题。

"我先说一些关于我的，其他的等到我的朋友来，请他们跟你们解释。"伍小海垂着头说，"其实，我是白日梦公司的成员。"

"然后呢？"唐媛媛和范丽丽都嗅到了阴谋的气息。

"其实所有的事情都是假的，司徒老总找到初恋，还有香帅找到初恋都是假的，都是白日梦公司为了宣传他们的产品采取的一些手段。"伍小海的头越垂越低。

"等等，让我反应一下。"范丽丽思索着，"也就是说，你参与了这些造假的事？"

伍小海艰难地点点头。

"你看着我！"唐媛媛用力抬起伍小海的下巴，"你知道真相，你一直瞒着我们？"

伍小海连忙解释："不是故意要瞒着你们，是因为……"

"因为什么？因为我们知道以后你们怕露馅？"范丽丽逼视着伍小海，"你知不知道球球因为这些事受了多少委屈，吃了多少苦？你瞎了吗，你看不见吗？"

唐媛媛紧咬着嘴唇，眼中一滴泪都没有。

有一种伤心叫欲哭无泪，有一种绝望叫爱无可恋。

"你别这样,你听我说。"伍小海试图靠近唐媛媛,但她迅速躲到了范丽丽的身后。

"我……我要你吃饭噎死,喝水撑死,我要你大便干燥而死!我要吊灯掉下来砸死你!"范丽丽快要气爆了。

唐媛媛立即推开站在吊灯下面的伍小海,吃了"过一丸"的范丽丽现在拥有非凡的魔力。

"不用担心我。"伍小海愧疚地看着唐媛媛,"'玉言丸'和'过一丸'也是假的,所有的事都是假的。"

"假的?我有魔力,怎么会假呢!"范丽丽刚刚成了"乌鸦嘴",虽然这种魔力远不如初恋天使的魔力可爱,但她还是用它来惩罚各种坏蛋。

伍小海告诉她们,"玉言丸"有着金口玉言的意思,吃下"玉言丸"的人会帮助人完成梦想。"过一丸"的名字源于俗语"事不过三",但它是"事不过一"的意思,一旦有人做了坏事错事,吃下"过一丸"的人只需说一句话,这个人就会受到惩罚。

"那就是说找回初恋和惩罚别人这些事都是有人刻意操作的?谁有这么大本事?"范丽丽显然不相信伍小海的话。

"白日梦公司。"

伍小海话音未落,门便被敲响了。

30_
梦想鉴定师

房门打开后走进来四个人。唐媛媛看见第一人时候,她彻底相信了所有的事情都是人为操作,是一个匪夷所思的大阴谋。第一个走进房间的人是帅老头高克。

帅老头高克进行了自我介绍,他是"白日梦公司"的创始人、心理学博士高克。头戴金属赛车帽的名叫龙尼,他的绰号叫"机械师"。戴着眼镜,身穿职业装,表情刻板的女孩叫林灵,她的绰号叫"变形师"。伍小海的绰号叫"铁小子"。

"那该怎么称呼你呢?高总?"范丽丽充满敌意地看着帅老头高克。

"他们都叫我帅老头高克,我其实更喜欢'大脑'或者'左半球'之类的名字,可是他们觉得这样的绰号太自恋了。好了,现在我们来还原事情的真相。首先,我要声明,'白日梦公司'所作所为永远都不是商业行为,永远都不会以赢利为目的。"

帅老头高克有一颗高智商的大脑,他坚信自己大脑的左半球所具备的逻辑、分析能力举世无双。他在创建白日梦公司后雇佣了"机械师"龙尼和"变形师"林灵。龙尼是一个机械天才、数字天才、无人能敌的黑客，他可以在极短的时间内找到世界上任何一个人，不过前提是这个人必须要在这个世界留下痕迹，比如他曾用身份证去酒店住宿，去商场刷卡购物。龙尼不仅可以驾驶各类汽车、摩托车、游艇、飞机，还可以用手工制造很多足以乱真、精致的物品。

帅老头高克在介绍龙尼的短短几分钟里，龙尼的手指如同弹钢琴般，优雅地将一根铁丝编成了圆球。他把圆球丢给了"汪汪汪"和"喵喵喵"，两个小家伙立即兴奋地玩起了球球。

白日梦公司在开创期间想过三个营销方案，第一个方案因为广告打得太过寻常，结果无人问津。他们的第二个方案是制作了一段精美的视频，结果所有参与制作视频的导演、编剧、演员都红得发紫，公司依旧默默无闻。于是帅老头高克想出了第三个方案，他号称花巨资建造了"纳米迷宫"来保护根本不存在的"后悔药""时光逆转仪""断肢再生剂"等神奇的药品，其目的就是希望引来窃贼，制造失窃的新闻。果然，黑娃和老九成功地偷走了"玉言丸"和"过一丸"。帅老头高克通过媒体发布悬赏令，让全世界都相信公司确实有制造各类神奇药物的能力，随后公司向前来咨询的客户宣布，对不起，我们只有"玉言丸"和"过一丸"，而且它们已经失窃了。这时候帅老头高克的计划进入了第二步，黑娃和老九把两枚药丸送给唐媛媛以后，他立即找到了伍小海，想说服他加入公司，因为这个时候唐媛媛已经成为公司选定的最合适的人选。

帅老头高克看着伍小海说:"小海最开始的时候不同意加入公司,不过我们的机械师让他相信了我们的能力。"

当时,帅老头高克带着伍小海进行了一项实验,他要用实验证明他可以创造奇迹,并控制奇迹的变化。他带着伍小海走到了街上,让他随便指定一个人。伍小海指了一个毛头小伙子。龙尼迅速通过网络查到了小伙子的信息,他刚刚参加工作,经济拮据,正在热恋。彩票开奖前的二十分钟,帅老头高克朝小伙子走去,闲聊了几句后,帅老头高克交给他十块钱,请他帮自己买彩票,还送给他玫瑰花形的戒指。小伙子走进彩票站,带回了五张彩票。帅老头高克和他坐在路边等待开奖,并一再叮嘱他保管好彩票,如果中奖他们将平分奖金。小伙子谨慎地将彩票和玫瑰花戒指放在了上衣口袋里。开奖后,彩票果然中奖了,虽然不多,但也有六千块。帅老头高克带着小伙子前往兑奖中心,然而这时小伙子的口袋着火了,彩票被烧成了灰。为了安慰小伙子,帅老头高克给了小伙子两千块现金。

这就是帅老头高克给伍小海做的实验,他让小伙子做了一次小小的发财梦,随后又让这个梦顺理成章地破灭了。其实这个实验的过程很简单,帅老头高克提前买下了彩票站,购买了大量的当天彩票。公布中奖彩票号码时,隐藏在彩票站的几十人迅速核对中奖号码,成功地找到了中了六千块的彩票。龙尼伪装成路人,将中奖彩票交给帅老头高克,帅老头高克在核对中奖号码的时候,把小伙子购买的彩票换成了中奖的彩票。由于五千块以上的奖金必须要去兑奖中心，于是他们出发了。这时小伙子口袋里的玫瑰戒指起了作用，它的外壳是蜡，在炎炎烈日下很快开始融化，里面的白磷接触空气后开始自燃，于是烧毁了彩票。

"你怎么知道他会把戒指和彩票放在一起？"唐媛媛有些不解。

"他是单身，一定会把象征爱情的东西和彩票放在一起，这两样东西对他都很重要。"帅老头高克语速缓慢地解释着，"最重要的是，他身上只有一个口袋。"

伍小海加入白日梦公司后，公司的第二步计划开始了，那就是让唐媛媛成为拥有魔力的初恋天使。唐媛媛会帮谁找初恋？这是困扰他们最大的问题，不过没关系，帅老头高克是隐形富翁，他有钱。帅老头高克指示龙尼把唐媛媛能在模特公司接触的所有人的初恋都找到了，只要唐媛媛说出找初恋的话，这些人都会出现。不过最理想的人选是司徒老总，因为她在白日梦公司的微信公众号"冒牌天使"上发布了自己的白日梦，那就是找回她的初恋。于是司徒老总在小树林外遇到了初恋眼镜男。香帅也是这样。唐媛媛"帮助"司徒老总找到初恋后，龙尼迅速寻找一个有巨大影响力，又急于找到初恋的人，他通过各方面线索的汇总，认定香帅是最合适的人选，而香帅也在"冒牌天使"注册了，只不过他还没有发布自己的白日梦。

"数据分析说起来容易，做起来没那么容易吧？"范丽丽提出了疑问。

"你们需要仔细看看他的左手。因为他的左手臂是一条机械臂，简单说，他的手里面有一个搜索引擎和可以分析大量数据的计算机和各种可以解决无数小麻烦的小工具。"帅老头高克拉开龙尼的袖子，露出了他的机械手臂。

"我才不信呢。"范丽丽还是不罢休，"我问你无理数e小数点后200位数字是多少？"

龙尼伸出他的金属手臂，在微型电脑了上轻轻敲打了几下："2.71828182845904523536028……"

"停！反正我也不知道对不对。"范丽丽又给龙尼出了一个难题，"你分析下我的经济状况吧。"

龙尼又开始敲打他的微型电脑："你昨天上午在楼下超市的拉卡拉上购买了80度电，两个月前你购买了100度电。你前天网购了一件超短裙，价格是370元，今天到货后你以裙子是水货为由退货了，还让卖家替你支付了退货的邮费。这条裙子是正品，而且没有瑕疵。退货后，你又去超市购买了50度电。根据这两个情况，我分析你的经济情况已经很糟了，存款应该不超过2000元，我再仔细计算一下……"

"好了，好了，我相信你了！"范丽丽立即阻止了龙尼。

唐媛媛感激地看了范丽丽一眼。范丽丽一直说她有很多存款，其实唐媛媛清楚，不会理财的范丽丽一直在用寒酸的存款支撑着三个人的房租和日常开销。

"香帅的影响力加上我们和媒体的推波助澜,大众很快就深信唐媛媛小姐是有魔力的初恋天使。"帅老头高克把目光转向林灵,"不过我们在给香帅找初恋的时候发生了点意外,幸亏我们还有'变形师'。"

31_
善梦成真

"给香帅找初恋的时候出了什么意外?"唐媛媛不由地紧张起来。

"香帅的初恋死了!"帅老头高克遗憾地摸了摸鼻子。

给香帅找初恋本应是最顺利、时间最宽裕的任务。唐媛媛背着司徒老总走进小树林的那天晚上,林灵来到了俄罗斯姑娘的家里。不过她不再是当年勤奋、善良的女孩,也不再是香帅心目中那个纯洁的"白天鹅"。她因酗酒丢掉工作后染上了毒瘾,每天放浪形骸,为赚取毒资不择手段。搞清楚林灵的来意后,俄罗斯姑娘顿时两眼放光,她不需要林灵给她的报酬,她只需要一张去中国的机票就够了。她当初的小男友如今已经成为中国炙手可热的大明星,她再也不用为金钱发愁了。

不知是不幸还是幸运。林灵正踌躇着是否应该把俄罗斯姑娘带回中国的时候,俄罗斯姑娘因吸毒陷入了狂乱的迷幻,她坚持自己是玛丽莲·梦露,她要去美国找肯尼迪。她冲出房间,赤身裸体地在高速公路上狂奔时被一辆卡车撞飞了。

林灵帮助俄罗斯姑娘的家人安葬了她。此时林灵的时间已经非常紧张了，因为司徒老总已经找到了眼镜男，正在商量结婚的事。最多两天，他们就要去民政局领取结婚证，结婚当晚司徒老总会发布幸福的微信，而这条微信会被香帅看见，他会去找唐嫒嫒，之后在某个地方遇到俄罗斯姑娘。林灵最多只有两天时间。

"变形师"林灵出手了。她先是让龙尼找到了另一个合适的俄罗斯姑娘。她必须是个善良的姑娘，不酗酒、不吸毒，不会因香帅的明星身份萌发邪恶的念头。她必须练过舞蹈，大腿肌肉比较健壮，她必须会使用中文，她身高和身材都要和香帅的"白天鹅"极为相似。龙尼很快找到了这个姑娘。林灵用大笔的卢布说服了她，给她进行了简单的整形手术，因为她没有那么多时间了。龙尼把搜集到的关于"白天鹅"的信息统统交给林灵。林灵还给赝品白天鹅做了声带的手术，"白天鹅"的声音有些嘶哑，但笑声很清脆，如同欢乐的风铃。林灵还给赝品白天鹅做了皮肤弹性的手术和视力手术，这个姑娘有些斜视，她也比"白天鹅"年长几岁。最后，林灵根据搜集来的资料对她进行了短暂的培训，她的培训计划包括走路的姿态、坐姿、思维逻辑的方式，还要求她记住"白天鹅"所有的履历。这是一个几乎无法完成的任务，不过林灵完成了，她打造出了赝品白天鹅。她带着赝品白天鹅抵达中国机场的时候，香帅刚刚离开了唐嫒嫒的住所，正朝机场奔去。林灵大喊了一声"太棒了"，运气帮了她的大忙。如果唐嫒嫒告诉香帅去其他地方找"白天鹅"，林灵和龙尼等人还要做出大量的工作。现在只需要赝品白天鹅留在机场，等待被香帅发现就可以了。

香帅的感觉是对，他感觉到了眼前人也许并不是当年的"白天鹅"，但林灵的"变形"技术骗过了他。

至于范丽丽希望唐媛媛找到她所谓的初恋，伍小海便出现了，那纯粹是一个锦上添花的巧合。后来，波西米亚女模和奔驰男也是一个巧合。唐媛媛虽然没有魔力，不是初恋天使，但她真正的促成了波西米亚女模和奔驰男的姻缘。事情的发展有些出乎白日梦公司的预期，于是他们停止了对唐媛媛的帮助，这个时候老秃子的出现也打乱了他们的计划。

"我们试图抓住老秃子，不过你们知道科技是龙尼的翅膀，如果没有科技他就飞不起来了。老秃子没有信用卡，没有银行卡，他不住宾馆，甚至没有实名的手机卡，龙尼找不到他。"高克看着唐媛媛说，"不过你放心，我们一定会找到他，救出那些孩子。"

唐媛媛面无表情地说："说完了？"

"大概就是这样。"高克看看伍小海。伍小海摇摇头，他没什么可补充的。

"都是假的。"唐媛媛忽然朝房门走去，她的声音大得吓人，"全都是假的！"

伍小海连忙拦住她："我知道我不该骗你，可是……"

"没有可是！"唐媛媛推开了伍小海，"你可以骗我，但司徒老总和香帅是无辜的，他们够可怜了，你们为什么要雪上加霜？"

高克说:"有的梦想是善的,有的梦想是恶的。我们是梦想鉴定师,我们的目的是通过现实的手段,让善良的梦想得以实现,让恶的梦想得到惩戒。你们不要以为我是个坐拥百亿资产的富豪,我们所做的一切都有梦想赞助商资助,他们无偿资助我们做这件事,目的就是让善的梦想成真,恶的梦想得到惩戒。"

"天啊!我成了噩梦天使!"范丽丽意识到她吃的"过一丸"也是假的。眼镜男被十几个女人追砍,香帅被"馅饼"砸中,司徒老总的裙子被恶犬咬出了破洞,都是伍小海把信息通过无线设备传递给高克他们的。

"噩梦就很容易实现了。"龙尼笑嘻嘻地说,"我们准备了很多东西,就是没准备馅饼。香帅离开的时候,我只能做一个简单的三明治。不过你得佩服我吧,这么高的距离,重力加速度,我能准确地砸在他的头上,我绝对是个科学天才!"

"我估计你很快要变成一个挨揍天才!"范丽丽恶狠狠地瞪着他。

唐媛媛还在坚持自己的想法:"你们说的没错,我也认同你们的想法,可是司徒老总和香帅只想找回美好的初恋,怎么就是恶的梦想了呢?你们倒是可以用这些事警醒世人,他们怎么办?你们考虑过吗?"

"只是个时间问题,他们肯定能想通,不劳而获的梦想,不考虑别人、自私的梦想都是恶的梦想。"高克站在伍小海身边,想和他一起拦住唐媛媛。

"我给你们时间,我倒要看看你们怎么善后!"

唐媛媛说完便冲出了房间。伍小海不敢追,因为唐媛媛说,他要是追,她就死给他看。范丽丽追了出去,可惜唐媛媛跑得太快了。

"赶紧想想办法。球球没带手机,身上也没什么钱。"范丽丽快要急哭了。

龙尼借用了范丽丽的电脑,立即动用了高科技手段。他通过城市各个角落的摄像头采集着唐媛媛的影像。他们看到唐媛媛跑出了住宅小区,他们看到唐媛媛在公路上奔跑,他们看见唐媛媛在闭园的公园门口停下又离开,他们看见唐媛媛越跑越快,跑出了城市。

"郊外的摄像头很少,找不到人了。"龙尼无奈地说。

唐媛媛跑到了郊外,跑到了田野的尽头,她坐在草地上木然地看着星空,没有任何情绪,没有任何表情。有一种伤心叫欲哭无泪,有一种绝望叫爱无可恋。她对伍小海绝望了,他怎么能加入这么不负责任的公司。

在模特公司做小助理的时候,唐媛媛是快乐的,刚刚成为初恋天使,她也是快乐的,因为无论是小助理还是初恋天使对她来说都不重要,重要的是她和伍小海在一起。成为初恋天使,她承受了巨大的压力,老秃子带着黑娃和老九出现后,她的压力更大了,但她的心里还是快乐的,因为她和伍小海在一起。司徒老总和香帅找上门,指责她的时候,她心里很痛苦,但快乐还是存在的,因为她和伍小海在一起,而且他们相爱了。可是伍小海竟然欺骗了她,竟然利用她做了伤害别人的事。现在她再也快乐不起来了。

唐媛媛想睡一个滚瓜溜圆的觉，也许醒来后一切的难题都解决了，但她睡不着。以前无论遇到多大的困难，她都能让自己迅速进入梦乡，可是现在她睡不着。不是因为身在荒郊野外，也不是因为坐在草地上，而是她的心疼得无法入眠。她想跑起来，以前她在城市里奔跑，在田野上奔跑，在蓝天大地间奔跑，只要她奔跑起来，她就会变得无忧无虑，可是刚才跑了那么远，越跑心里越难受，她已经跑不动了，她的心已经碎成了粉末。

从深夜到黎明，唐媛媛始终呆呆地望着远处，像是在独自承受黑暗，也像是在独自迎接黎明。

天亮的时候，唐媛媛又跑了起来，她要回到住宅小区，找到伍小海，找到高克，他们要为自己做过的事负责。

32_
"白日梦团队"的超人们

唐媛媛回到住所的时候,所有人都在,所有人都吓了一跳,他们刚刚还在商量怎么才能让唐媛媛回心转意。

"你们'白日梦团队'不都是超人吗?你们帮我抓住老秃子吧。"唐媛媛不是在和他们商量,更像是在命令他们。

高克看看伍小海,立即一口答应:"没问题。不过我们还没有好办法。"

"我有!"唐媛媛整夜未眠,想出了一个好办法。

唐媛媛打开了微信,在"冒牌天使"公众号注册后,申请成为梦想鉴定师。随后她在微博和微信上发了同样一句话:我的魔力回来了,我愿意为真诚和善良的人奉献我的魔力。

短短几天,关于初恋天使的新闻和话题再次飙升。每个人都在说,初恋天使的魔力又回来了,她又开始帮人找初恋了。于是更多的人涌向"冒牌天使",提交自己的白日梦。

唐媛媛无暇处理那些试图寻找红颜知己、蓝颜知己、黄颜知己、粉颜知己的白日梦。无论是红颜蓝颜黄颜粉颜，最后难免会成为绿颜知己。所谓红颜知己是指男性的异性知己，蓝颜知己是指女性的异性知己，黄颜知己是指因工作关系形成的异性友谊，粉颜知己是指有暧昧而没有性接触的女性之间的感情，绿颜知己是指情夫。

唐媛媛经过筛选，鉴定了两个白日梦。第一个白日梦是一个十一岁的小女孩，她的父母仿佛是前世的冤家，在一起恶吵不断，分开便相思如潮。他们是彼此的初恋，但在不久前离婚了。她希望初恋天使能帮父母找回那段感情，帮她找回曾经温暖的家。唐媛媛回复她说，你的父母一定会花好月圆，你一定会幸福，把这段话给他们看。两天后，"冒牌天使"推送了微信，宣布小女孩的父母已经复婚了。微信配了一张全家福，全家福上的三口之家笑得其乐融融。当然了，这是"白日梦"的超人们集体杰作，他们巧妙地让小女孩的父母感受到了彼此的真心，梦想赞助商们也资助了其中的费用。

第二个白日梦来自一个研究生，他为他的两个好朋友向初恋天使求援。他的两个好朋友是一对情侣，他们在大学一年级的时候开始谈恋爱，开始了彼此的恋情，也是唯一的恋情。男孩是个爱的发明家，他送给女朋友一台可以净化空气的跑步机，那是一个装有饮水桶和呼吸面罩的跑步机。女朋友在跑步机上跑步的时候，装在饮水桶里的发电机开始发电给过滤器，过滤器发生正电荷除去灰尘，带负电荷的金属就吸住了雾霾中的微粒，把没有雾霾污染的空气通过呼吸面罩输送出来。大学毕业后,男孩去了农村支教,他把所有的钱都无偿奉献给了孩子们。为了让孩子们健康成长,他自己制造了一百多种教具,还制造了轮滑、保龄球、橄榄球和各种健身器材。然而在谈婚论嫁的时候,生活在都市的女孩家长以男孩买不起房为由,坚决反对他们的婚姻。为此男孩花了八千块钱,制造了一个装有轮子,只有五平方米的球形蜗居。女孩的家长没有被感动,反而砸烂了蜗居,威胁男孩不许再和女孩接触。研究生希望初恋天使能够成全这对有情人。唐媛媛回复说,写字楼的产权是40年,商住两用房的产权是50年,商品房的产权是70年,而爱情可以天长地久,祝他们花好月圆,把这段话给女孩的父母看吧。一周后,"冒牌天使"在推送的微信上发出喜气洋洋的照片,不愿透露姓名的人出钱帮那对有情人购买了新房,婚期就定在花好月圆的中秋节。

唐媛媛的回复起了不可忽视的作用,但"白日梦"的超人们也做了一些工作。梦想赞助商委托高克买了一栋房子送给了男孩,不过男孩要通过自己的努力定期偿还房贷。

唐媛媛在"冒牌天使"推送了微信:我能成为初恋天使,能成为梦想鉴定师,是因为我吃了白日梦公司的"玉言丸",我还有一颗"过一丸"放在闺密家里,明天我将会把"过一丸"还给白日梦公司。

狡猾的老秃子意识到这是一个陷阱,但"过一丸"的巨大诱惑让他产生了侥幸的心理。老秃子很狡猾,很狡诈,但"白日梦"的超人们都是精明的猎人,况且还有伍小海这个一身功夫的

"铁小子"。

戴着假发、化装成孕妇的老秃子被抓的时候,不停地说。

老秃子说:"事实证明,我的梦想和努力都可以获得回报。事实证明,正确的梦想比十倍百倍的努力都重要。事实证明,我选错了梦想,也许我会成为科学家,也许我会成为明星,但是我的梦想错了。你们这个梦想鉴定师的工作做得很到位,你们帮我鉴定了梦想。放我一马,我给你一百万美元,我还会帮你成为世界上最富有的人。你知道约翰·雅各布吗?记住这个名字吧,他才是真正的富翁,1848年的时候,他已经有2000万美元的财产了!"

把他捆成粽子的伍小海说:"一百万美元?你还有这么多赃款啊,在哪儿呢?"

老秃子说:"我是说将来会有,梦想就是希望,有梦想就有希望。"

伍小海说:"我不是黑娃,也不是老九,你画饼的那一套对我没用。"

老秃子说:"画饼不是为了满足肉体的食欲,它是精神的加油站,画饼就是梦想,没有梦想,你有十倍百倍的努力又有什么用呢?"

伍小海把老秃子交给了帅哥警官,帅哥警官把送他到了看守所。老秃子走进看守所的时候,在看守所等待审判的黑娃和老九正在闲聊。

黑娃说:"我觉得坐牢不赖啊,管吃管住,咱干活还能赚点钱。监狱可比秃子好多了，不能吞了咱的钱。"

老九点点头："对对对。"

黑娃说："等我出去就去找唐嫒嫒，她能让白妞和我结婚，白妞是我的初恋。唐嫒嫒是初恋天使，专门管这个的。"

老九使劲点头："是是是。"

黑娃说："我们俩就是梁山伯与祝英台，我恨不得马上变成蝴蝶飞出去，什么白条子，什么老秃子，统统不尿他们。你说白妞当初恋天使，有人给她发工资吗？哎，好像错了，唐嫒嫒是天使，还是白妞是天使？"

"对对对，是是是。"老九拼命点头，随后用力敲打铁门，"政府，我的助听器没电了，说给我送电池，这都半个小时了，咋还没送过来。"

黑娃使劲抽了老九一巴掌："孙子，骗你爷爷呢！你早就听不见我说什么了，那你对什么，你是什么！"

唐嫒嫒如愿以偿地抓住了老秃子，如愿以偿地解救了那些弃婴。正当伍小海向她展开双臂的时候，她却说："你不知道吗？我们已经结束了！"

33_
扬帆起航的"白日梦"

唐媛媛曾经的白日梦是:她坐在阳光充盈、堆满毛绒玩具的房间,桌上摆着暗香飘浮的百合花,肥胖的猫咪懒洋洋地舔着爪子,一个高大的身影坐在她的身旁,把她揽到怀里,用宽厚的手掌一遍遍轻抚她的长发……也许他们并不富有,但生活还算过得去,他们共甘共苦,他们忠心不贰,他们时而相敬如宾,时而嬉闹如顽童……

唐媛媛曾想过无数次,那个高大的身影就是伍小海,不久前,她靠在伍小海的肩膀上的时候也曾想过,她的白日梦不久就会实现了。但是现在,她要离开了。

"球球,你别走……"范丽丽泪眼汪汪。

"唐小姐,为什么不留点时间给自己呢?时间会证明一切。"高克耐心地劝导着唐媛媛,龙尼和林灵都不在他的身边。

"如果你再给我一次机会,你不会走的。"伍小海坚定地看着唐媛媛。

"如果是我，我一定会试试看。"高克说。

"给个机会呗，球球。"范丽丽哀求着。

唐媛媛思索了许久，终于点了点头。她被欣喜若狂的范丽丽带到了卧室。

"你只有二十分钟！"唐媛媛还是有些犹豫，她觉得不该给伍小海这个机会。

二十分钟后，唐媛媛走出了卧室。走进客厅的一瞬间，她便被迎面的清香和绿油油的植物惊呆了。

"这都是什么呀？"唐媛媛似乎把气愤抛到了脑后，好奇地打量着满屋子的绿色。

"这是海芋花，这是箭根薯，这些都是兰花，我也记不清叫什么名了。"伍小海小心翼翼地解释着，"龙尼专门去了一趟热带雨林，可是时间太紧张了，他们只能带回这些植物。我说要给你5200种初恋，第一种初恋发生在热带雨林，现在我要重新给你一次初恋。媛媛，我们不是偶遇的驴友，我就是我，你就是你，我要在热带雨林向你求爱，也请求你的原谅。"

"你要是说完了，我就该走了。"唐媛媛朝在花海里嬉闹的"汪汪汪"和"喵喵喵"打招呼，"我要走了，你们两个选择好了吗？留下还是跟我走？"

"等一下。"伍小海拿出一个水晶球，里面飘荡纯白的雪花，"这是真正的珠穆朗玛之雪，是林灵亲自采集的。我们的第二次初恋发生在珠穆朗玛峰，我要让珠穆朗玛之雪见证我们的爱情，我请求你的原谅！"

"还有吗？"唐媛媛似乎有些感动。

"有有有。"伍小海拿出一个U形的玻璃器皿，里面还有一条奇怪的鱼，"这是真正的马里亚纳之水，这条鱼叫'狮子鱼'，是生活在马里亚纳海沟底部的鱼。"

"你想用马里亚纳之水见证我们的爱情是吗？"唐媛媛接过U形器皿说，"这个我留下了，就当是离别纪念吧。"

"为什么？就因为我骗了你吗？"伍小海哽咽着大喊，"你知道我为什么要加入'白日梦'吗？因为你！你知道我爱你，一直都知道，但是你总是用姐姐的身份和我接触。我也知道你爱我，一直都爱我！可是你自卑，你觉得你自己太胖了！你变胖难道不是为了我吗？"

伍小海上大学的时候患上了"选择性缄默失调症"。有一次，他连续两天拒绝进食。唐媛媛不想把他送到医院，因为那样会让伍小海遭受同学的歧视和异样的目光。于是她买了很多食物和零食摆在伍小海面前，她当伍小海没有发病，她一边自顾自地说笑，一边不停吃东西，渐渐的伍小海吃了一点东西，但吃得很少。此后的一个月里，唐媛媛为了让伍小海多吃东西，她每天都在不停地吃，她当着伍小海的面吃，她讲着笑话吃，她一边吃消食片一边吃。伍小海终于正常进食的时候，唐媛媛已经变成了胖子，此后她的减肥无一例外地失败了。

伍小海说："我想追求你，但我怕这种追求会彻底失去你！你一直在帮我，帮我治疗我的心理疾病，可是谁来帮你治疗自卑呢？我只有加入'白日梦'才能治好你的自卑，追求你，爱你就是我的白日梦！这家公司做的都是好事，还能帮你找回自信，你想想，如果不是发生了这些事，我们会说爱这个字吗？"

"你别说了。"唐媛媛痛苦地摇着头。

"你为什么要自卑？你本来就是个天使，司徒老总和香帅的初恋是假的，波西米亚女模和奔驰男的事情总是真的吧？他们是你一手撮合的！你知道吗？你最成功的，不是帮别人找回了初恋，而是为我们自己找到了爱！"

"我明白，我都明白。"唐媛媛哭了出来，"你做这些都是为了我，为了和我在一起。可是你，还有白日梦公司，为什么要让司徒老总和香帅经历那么多的痛苦？"

伍小海打开了房门，门外站着"白日梦"的超人们，还有司徒老总和香帅。

"球球，我发现眼镜男是滥情种的时候确实特别生气，我怪你'毁'人不倦，对不起，我不该这么说你。如果没有你，没有找回初恋这件事，我可能还活在喋喋不休和自欺欺人之中。现在我想清楚了，我要从容地面对生活。我以前失败过，但是我现在站起来了，我要重新卡开始。球球，你呢？你成功地帮助了别人，为什么要把自己摔在地上？"司徒老总说，"别走，球球。"

"天使，我还是喜欢这样称呼你。其实我也一样，我经历过很长时间的艰苦生活，成名后我担心再过那样的生活，所以我谨小慎微,所以我如履薄冰,我要感谢你,感谢你给我的白日梦,我首先是一个可以追求梦想的人,其次才是一个明星。我的梦想是拥有普通的生活,我现在已经开始结交女朋友了,你呢,天使?你给了我们醒悟的机会,为什么要离开?"香帅说,"别走,天使!"

"你们都原谅他们了?"唐媛媛有些不可思议。

"白日梦公司帮助了他们,根本不存在原谅。"高克说,"你看看'冒牌天使'今天推送的微信吧,我已经把事情的真相写了出来,越来越多的网友支持我们,他们明白了我们这么做的深意,他们说,他们要保持善的梦,抛弃恶的梦。所有人都会美梦成真,所有人都会花好月圆!"

"现在,你对自己说花好月圆。"伍小海紧紧抱住了唐媛媛。

唐媛媛泣不成声:"祝我和伍小海花好月圆!"

唐媛媛的白日梦已经开始实现,那个高大的身影就是对她寸步不离、关爱有加的伍小海。

范丽丽有属于自己的白日梦,她不需要庄园、珠宝、超级跑车,也不需要登上城堡般的飞艇成为世人羡慕的传说,她只想安安静静地享受美好的恋爱。据说帅哥警官并没有结婚,还是单身。她觉得可以请这个正直风趣的警官吃一次油炸臭豆腐。

司徒老总的白日梦已经实现了一半,因为她重新找回了自己,她需要一场成功的时装秀,把她设计的时装推向世界。

伍小海的白日梦也是唐媛媛的白日梦,他希望自己成为世界名模,他希望有一天站在世界级的领奖台上发表获奖感言的时候,对着台下热泪盈眶的唐媛媛说,这是属于我们的荣耀。

白日梦公司的梦想赞助商和香帅联合出资赞助了司徒老总的时装秀,时装秀获得了巨大的成功,第一次登上T台的伍小海也引起了广泛的关注。司徒老总和伍小海的白日梦也开始实现了。

唐媛媛在时装秀中最后一个出场,她穿着纯白色的拖地长裙,捧着鱼缸缓缓走上了T台。她对着无数的媒体说:"我不是天使,我没有魔力,我只是给那些能够复合的感情提供一个机会,给那些注定要钟爱一生的人一些机缘。多一点耐心,多一些宽容,对别人好,每个人都能成为初恋天使。祝天下有情人花好月圆,愿白日梦梦想成真!"

高克走上T台,接过麦克风,对着全场说:"从今天开始,唐媛媛正式成为白日梦公司的一员,成为'冒牌天使'的梦想鉴定师!"

"我不!我不要做初恋天使,更不想当什么梦想鉴定师!"唐媛媛转身便逃!

(全文完)

图书在版编目（CIP）数据

初恋天使 / 何楚舞著． -- 北京：北京时代华文书局，2016.12
ISBN 978-7-5699-1289-0

Ⅰ．①初… Ⅱ．①何… Ⅲ．①长篇小说－中国－当代 Ⅳ．① I247.5

中国版本图书馆 CIP 数据核字（2016）第 297810 号

初 恋 天 使
Chulian Tianshi

著　　者	何楚舞
出 版 人	王训海
选题策划	曾　丽
责任编辑	曾　丽　岳升洋
装帧设计	蔡小波　王艾迪
责任印制	刘　银　范玉洁

出版发行｜北京时代华文书局 http://www.bjsdsj.com.cn
　　　　　北京市东城区安定门外大街 136 号皇城国际大厦 A 座 8 楼
　　　　　邮编：100011　电话：010-64267955　64267677

印　　刷｜三河市祥达印刷包装有限公司　0316-3656589
　　　　　（如发现印装质量问题，请与印刷厂联系调换）

开　本｜880mm×1230mm　1/32　　印 张｜7.5　　字　数｜147 千字
版　次｜2017 年 5 月第 1 版　　　　印　次｜2017 年 5 月第 1 次印刷
书　号｜ISBN 978-7-5699-1289-0
定　价｜36.00 元

版权所有，侵权必究